O menino que queria ser PREFEITO

© Editora do Brasil S.A., 2018
Todos os direitos reservados
Texto © Manuel Filho
Ilustrações © Thais Linhares

Direção-geral: Vicente Tortamano Avanso

Direção editorial: Felipe Ramos Poletti
Supervisão editorial: Gilsandro Vieira Sales
Edição: Paulo Fuzinelli
Assistência editorial: Aline Sá Martins
Auxílio editorial: Marcela Muniz
Coordenação de arte: Maria Aparecida Alves
Design gráfico: Shirley Souza
Editoração eletrônica: Shirley Souza
Supervisão de revisão: Dora Helena Feres
Revisão: Alexandra Resende

Dados Internacionais de Catalogação na Publicação (CIP)
(Câmara Brasileira do Livro, SP, Brasil)

Manuel Filho
 O menino que queria ser prefeito / Manuel Filho ; ilustrações de Thais Linhares. -- São Paulo : Editora do Brasil, 2018.

 ISBN 978-85-10-06806-2

 1. Ficção juvenil 2. Política - Ficção I. Linhares, Thais. II. Título.

18-18571   CDD - 028.5

Índices para catálogo sistemático:
1. Ficção : Literatura juvenil 028.5
Maria Paula C. Riyuzo - Bibliotecária - CRB-8/7639

1ª edição / 5ª impressão, 2023
Impresso na Forma Certa Gráfica Digital

Rua Conselheiro Nébias, 887
São Paulo, SP – CEP: 01203-001
Fone: +55 11 3226-0211
www.editoradobrasil.com.br

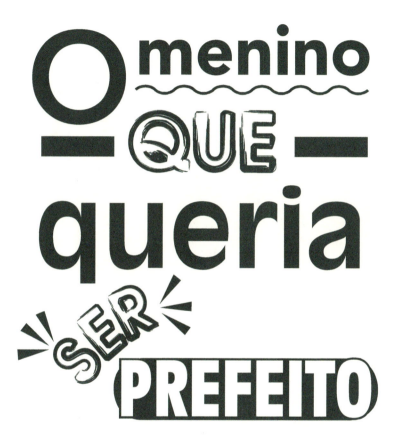

O menino que queria ser prefeito

Manuel Filho
ilustrações de Thais Linhares

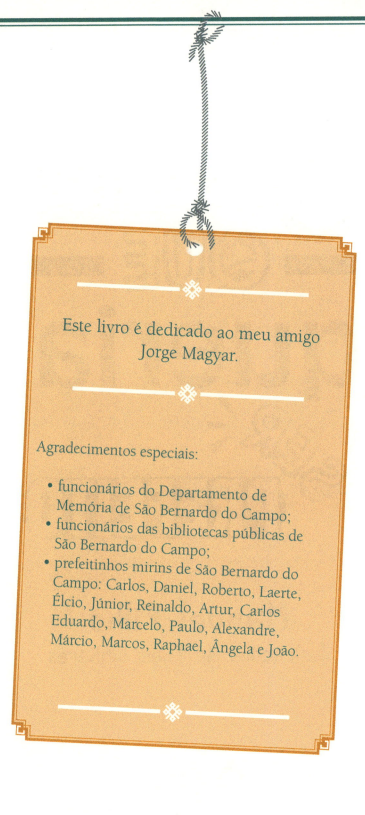

Este livro é dedicado ao meu amigo Jorge Magyar.

Agradecimentos especiais:

- funcionários do Departamento de Memória de São Bernardo do Campo;
- funcionários das bibliotecas públicas de São Bernardo do Campo;
- prefeitinhos mirins de São Bernardo do Campo: Carlos, Daniel, Roberto, Laerte, Élcio, Júnior, Reinaldo, Artur, Carlos Eduardo, Marcelo, Paulo, Alexandre, Márcio, Marcos, Raphael, Ângela e João.

A HISTÓRIA COMEÇA MAIS OU MENOS AQUI

1. Tudo indefinido.. 8

Nem tudo parece o que é,
mas algumas coisas precisam ser ditas.
TALVEZ A HISTÓRIA COMECE AQUI

2. E foi assim que aconteceu..12
3. Trimmmm..15
4. Uma cidade para crianças...18
5. O menino de cartola..23
6. Segredos do tio..26
7. Surpresa na escola...30
8. Uma chance!..34
9. Memória da pele..36
10. Isso serve para alguma coisa?......................................39
11. Dias que passam...43
12. A censura, não me calarei!...47
13. A eleição...51
14. Homenagem ao tio..55
15. Encontrando as estrelas..58
16. Que sufoco!...63
17. Tristes marcas..66
18. Redenção..69
19. A capital...73
20. Tempos difíceis...78

A VOLTA

21. Poder econômico?..84
22. Os primeiros números..87
23. Quem não tem cão..91
24. Fraude!...94
25. O *show* de todo prefeitinho tem que continuar.........97

A história começa mais ou menos AQUI

1
Tudo indefinido

– Essa eleição foi roubada! – alguém gritou.

– Não foi não, prove se puder! – gritou meu pai.

– Provo sim. Tenho uma lista aqui de gente que está pedindo recontagem de votos. Isso não vai ficar assim, não.

– Pois eu quero que recontem mesmo, vou calar a boca de todo mundo que está nos acusando injustamente. Meu filho ganhou a eleição e pronto!

Depois disso, me retiraram da sala.

Estava tudo indo bem, até que alguém começou a reclamar que todos os votos de uma certa urna eram exclusivamente meus, que aquilo estava estranho.

As pessoas falavam ao mesmo tempo, dizendo que aquela eleição era uma fraude, que os votos tinham sido roubados.

Eu confesso que não estava entendendo muito bem o que ocorria e, quando os adultos pareciam partir para a luta, minha mãe achou melhor me levar dali.

– O que está acontecendo, mamãe? – eu perguntei.

– Adultos brigando, Murilo, adultos brigando... Terrível, nem sei se eu mesma estou entendendo, por isso não vou lhe dizer aquilo que sempre te falo: quando você crescer, você vai entender. Impossível compreender isso aqui. É muito ódio. Vamos embora.

E, enquanto minha mãe me levava para fora daquela sala, eu só escutava os gritos crescendo cada vez mais. Fiquei triste.

Eu queria tanto ser prefeito, parecia tão próximo e, agora, eu não sabia de nada, não tinha certeza. Acho que meu sonho havia acabado.

E tudo tinha começado de uma maneira tão feliz...

> NEM TUDO PARECE O QUE É, MAS ALGUMAS COISAS PRECISAM SER DITAS.

TALVEZ a história comece AQUI

2
E foi assim que aconteceu

Eu sempre achei muito legal ter um tio famoso, mesmo que fosse difícil de acreditar nas histórias dele.

– Aqui em São Bernardo faziam muitos filmes, a gente via as estrelas de cinema andando na rua, almoçando nos restaurantes. Até tenho os autógrafos de várias delas. Uma até me disse que eu tinha talento, que deveria prosseguir na carreira, mas...

Eu nunca havia visto um filme dele, porém, meus pais contavam que era verdade, que ele tinha mesmo atuado com artistas como Tônia Carrero, Ruth de Souza, Cacilda Becker, Eliane Lage e até Mazzaropi.

Do Mazzaropi eu gostava muito, de vez em quando passava algum filme dele na televisão, preto e branco, mas isso nem era um problema. Demorou uma eternidade para ter TV colorida na minha casa. A minha avó tinha, mas ela quase não deixava a gente assistir, pois ela afirmava que o aparelho esquentava e que não era para deixá-lo funcionando durante muito tempo. Ela só ligava a TV na hora da novela.

Quando estreava algum filme do Mazzaropi, era preciso ter bastante paciência, a fila dava voltas e voltas na rua. Mas sempre valia a pena esperar, os filmes dele eram muito divertidos. Normalmente era um caipira da roça que se metia em um monte de confusão. Eu não entendia tudo o que acontecia, meus pais diziam que eram piadas de adultos e que, para variar, um dia eu entenderia.

Bem, minha mãe sempre me falava isso, que "um dia eu entenderia"... Eu pensava: não era mais fácil me explicar logo? Para que me deixar com tanta dúvida? Entretanto, quando ela usava esse argumento, eu já sabia que era melhor parar com as perguntas.

Das atrizes que meu tio falava eu só conhecia a Tônia Carrero porque ela aparecia numa novela em cores. Foi por causa disso que meu pai decidiu comprar a nossa TV colorida. Eu adorava ler a marca dela, "Admiral", parecia algo para se admirar, ficar olhando. E era mesmo, pois, em casa, tudo mudou. Os desenhos do Super Dínamo, que eu adorava, foram produzidos em preto e branco, mas os da Princesa e o Cavaleiro eram coloridos e eu não tirava os olhos da TV.

Cada história era muito legal. A Princesa Safiri era, na verdade, uma menina, mas ela não podia deixar ninguém descobrir isso, caso contrário, o Duque Duralumínio, um vilão de primeira malvadeza, iria tomar o reino e lançar a todos na mais profunda escuridão. De alguma maneira, ele sabia que Safiri guardava um importante segredo e se esforçava para tentar descobri-lo.

Outro desenho que eu adorava era o Guzula, um monstrinho bem simpático, e o Fantomas, embora eu tivesse um pouquinho de medo dele. Que bom que ele ficava do lado dos heróis.

Mas no fim era isso, as histórias de meu tio Giovanni dominavam os almoços de domingo e as datas comemorativas, como Natal e Ano-Novo.

Eu nunca tinha visto um filme dele e nem sabia se veria algum dia. Eu nem havia nascido quando os filmes que ele disse que fez passaram no cinema. Eu gosto muito de ir ao cinema. Quando eu vou, costumo aproveitar para ver o filme mais de uma vez. Assim que ele acaba, eu nem troco de lugar. Fico na sala esperando que comece novamente. Tem que aproveitar, os filmes que passam na TV são sempre os mesmos, quase nunca mudam. No cinema, pelo menos, sempre tem alguma estreia. Se o filme for muito ruim, ele sai de cartaz rapidinho. Eu me lembro de que minha mãe queria muito ir ver um filme, mas meu pai não queria. Ela demorou para convencê-lo e, quando decidiram ir, a fita já tinha saído de cartaz. Minha mãe ficou brava e triste ao mesmo tempo. Depois que o filme ia embora, era quase impossível vê-lo novamente. Eles levavam o rolo do filme para passar em outra cidade até que a fita ficasse bem velhinha, pelo menos foi isso que me disse o Waldo, meu melhor amigo, que tem um amigo de um amigo que disse que é dono de um cinema. Vai saber...

Mas, depois da TV colorida, outra grande novidade entraria na minha casa e eu nem podia acreditar na grande confusão que eu arranjaria por causa dela.

3

Trimmmm

— Quem vai atender primeiro sou eu — falei, olhando bem nos olhos da minha irmã, a Cicinha.

— Eu que vou — respondeu ela.

— Quero só ver — avisei. — Vou ficar sentado aqui, quero ver você me tirar.

Aí, ela usava a cartada final, a mais dura e difícil de lidar: virava a cabeça em direção à cozinha e gritava:

— Manhê! O Murilo não quer me deixar atender o telefone!

Pronto, nossa mãe aparecia e reclamava.

— Parem de brigar, vocês dois, senão eu coloco esse telefone no telhado, aí acaba a briga.

Demorou anos para o telefone chegar em casa. Meu pai comprou a linha na empresa e ficamos esperando. Parecia que nunca iria chegar. Então, quando finalmente vieram instalar aquele

15

aparelho em nossa casa, foi uma festa. O nosso era vermelho e o discador brilhava de tão novo. Eu enfiei o meu dedo em um dos buraquinhos e o girei. Ele fez um barulho como se estivesse rodando algum tipo de engrenagem. Cada buraquinho era identificado por um número, a gente colocava o dedo no buraquinho do que queríamos discar e girava até encostar no ganchinho que interrompia o movimento.

— Manhê, como é que faz para ligar? — perguntou a Cicinha.

Aquilo, pelo menos, eu já sabia. Uma vez, minha mãe me pediu para mandar um·recado para minha tia que morava em outro estado e me deu um monte de fichas para eu ligar do orelhão que ficava perto de casa, bem na esquina. Era assim que a gente telefonava quando não tinha o nosso aparelho. Naquele dia, minha mãe me explicou tudinho, assim:

— Você tira o telefone do gancho e coloca a ficha no buraquinho que fica bem em cima dele. Aí, espera dar linha.

— O que é linha, mãe? — eu perguntei.

— É um sinal comprido, idêntico. Se der um tum-tum-tum, é sinal de que está ocupado. Daí você deve pôr o telefone no gancho de novo para o aparelho devolver a ficha.

Eu fui até o telefone com um pouquinho de medo, mas fiz o que ela me ensinou. Tirei o telefone do gancho, apoiei no ouvido e coloquei a ficha. Escutei o sinal que ela tinha falado e disquei o número. Aí, ouvi o telefone chamando e, de repente, minha tia atendeu. Dei o recado e voltei para casa.

Foi a primeira vez que usei o telefone, então, eu já sabia como fazer em casa. A única diferença era que não precisava da ficha.

Agora, a grande disputa era saber quem iria atender a primeira ligação em casa. Eu nem ia ao banheiro, pois não queria perder aquela oportunidade. Também não saí para brincar com o Waldo. Eu achei que ia demorar uma eternidade para aquilo acontecer, o aparelho tocar, pois ninguém tinha o nosso número, mas, sei lá, uma hora aquilo iria acontecer.

E aconteceu. Foi no horário de almoço. Estávamos todos sentados, comendo, eu, meu pai, minha mãe, meu tio e minha irmã quando o telefone tocou. Olhei rapidamente para a Cicinha e sorri. Eu estava sentado do lado certo da mesa, do que dava acesso à sala. Saí correndo e alcancei o telefone. Ele tocou duas vezes e, antes da terceira, eu o retirei do gancho.

– Alô, quem tá falando? – perguntei, observando a cara chorosa da minha irmã. Assim que a pessoa se identificou, eu gritei: – Mãe, é a tia!

Minha mãe se levantou, deu algumas broncas nos mandando retornar para a cozinha e atendeu o telefone com um grande sorriso.

Não sei sobre o que elas conversaram, mas eu estava muito contente. Tinha vencido aquela primeira batalha com a minha irmã. Mas ela, em seguida, me desafiou.

– Tudo bem – disse ela. – Você venceu. Mas quero só ver quem vai atender mais vezes.

Eu me senti desafiado e, naquele momento, descobri que adorava competir, apenas não imaginava que essa vontade fosse me levar tão longe.

4

Uma cidade para crianças

– Olha ali! Era lá que seu tio fazia os filmes.

Tínhamos acabado de descer do ônibus e minha mãe apontou para um antigo pavilhão constituído de dois gigantescos galpões. Eu nunca tinha entrado ali, mas sabia que, de vez em quando, aconteciam algumas feiras nas quais eram vendidos produtos diversos, principalmente perto do Natal. Também ocorriam algumas feiras de ciências.

– Aí que era a tal da Vera Cruz? – perguntei. – Sim – respondeu minha mãe. – Aí mesmo.

Era um dia de feriado e eu estava indo para a Cidade da Criança com a minha mãe, minha irmã e o Waldo. Não era sempre que isso acontecia, pois durante a semana eu estudava, minha mãe trabalhava e o dinheiro sempre faltava. A gente até tinha uma carteirinha fornecida pela prefeitura, que nos permitia brincar de graça em apenas três brinquedos: o Submarino, o Avião, que era um avião DC3 que se mexia simulando um voo de verdade, e o Teleférico, mas era muito pouco. Existiam muitas outras coisas para se fazer, porém, o jeito era se divertir com os que eram de graça: escorregador, balanço, gangorra e mais alguns outros.

Como esses dias de passeio eram muito raros, só queríamos chegar logo ao parque para nos divertirmos. Mas, naquele dia, minha mãe estava com uma dor na perna e, por isso, precisávamos andar mais devagar. Do ponto de ônibus até a entrada da Cidade da Criança dava uma caminhada de mais ou menos uns 15 minutos, e só de subida.

Por causa disso, deu tempo de observar os arredores.

Os galpões da Vera Cruz eram realmente muito altos, do tamanho de um pequeno prédio e, quando vazios, ofereciam um espaço interno coberto e gigantesco, por isso que ocorriam tantas feiras por lá. Mas, mesmo sabendo que eles foram estúdios de cinema, era muito difícil de acreditar em tudo o que meus pais e tio contavam. Não havia nada por ali que lembrasse essa história, sei lá, uma câmera velha, uma tela de cinema, até mesmo um painel. Nada.

Conforme nos aproximávamos do parque, o movimento aumentava. Todo mundo queria visitar a Cidade da Criança, vinha gente do país inteiro, havia ônibus e mais ônibus enfileirados esperando pelo momento de estacionar. Pelas janelas, muitas crianças eufóricas agitavam bandeiras e até usavam uma máscara de papel com a figura do personagem principal do parque: um menino com gravata-borboleta, cartola e óculos redondos.

A fila para entrar estava imensa e o jeito era esperar. Deu para observar as placas amarelas de identificação dos automóveis e ver que muitas eram de outras cidades e até de outros estados.

Finalmente entramos e as ruas estavam repletas de pessoas. Havia muitas árvores. Embora eu tivesse ido poucas vezes ao parque, eu sabia muito bem onde estavam as principais atrações. Logo que entrávamos, à nossa direita estava um jardim japonês, era um lugar que não tinha nenhuma atração, coisas para brincar, mas as pessoas gostavam de ir lá para relaxar, olhar o lago. Havia uma placa que dizia que se tratava de uma homenagem a uma cidade irmã de São Bernardo do Campo que tinha lá no Japão, Tokuyama, mas eu não entendia muito bem como é que minha cidade poderia ter outra, irmã, tão longe.

O que interessava mesmo eram as atrações que estavam do lado esquerdo: o Submarino e o Teleférico.

O Submarino era o meu brinquedo favorito, do Waldo também e, penso, o de todo mundo. Era mesmo um submarino; na verdade, havia dois, que se chamavam Riachuelo e Humaitá. Enquanto um saía, o outro chegava. Eles ficavam dentro de um gigantesco tanque de água e davam uma longa volta dentro dele. Parte deles, a que continha o periscópio, permanecia na superfície, a parte de baixo ficava submersa. Entrar neles era a parte mais divertida. Quando um deles encostava na plataforma de embarque, um homem se aproximava e erguia uma tampa por onde podíamos passar. Então, descíamos uma escadinha circular e, pronto, estávamos dentro do submarino.

Ele era dividido por duas fileiras de cadeiras. Quem entrava primeiro, ia direto para as do fundo e assim sucessivamente. A gente ficava sentado um de costas para o outro. O mais legal era que, para cada pessoa, havia uma janelinha circular de vidro que permitia olhar a água do lado de fora. No início, só se via uma parede azul. Quando o Submarino começava a se locomover, era como se aquela parede fosse deslizando e, de repente, aparecia um mar sem fim diante de nós. Água, muita água. Era incrível, estávamos mesmo debaixo d'água, navegando dentro de um submarino.

Tudo era diferente. Dentro do submarino acontecia a maior algazarra, crianças gritando, algumas chorando e pedindo para sair, o barulho do motor. Do lado externo, havia a água, que deslizava diante de nós, transmitindo calma e silêncio. Entretanto, essa situação não demorava muito. Subitamente, aparecia alguma coisa diante da janelinha: podia ser um peixe, um cavalo-marinho, um polvo ou uma sereia. Eu sempre ficava esperando, pois os eventos

eram diferentes para cada lado do submarino. Quando alguém se mexia atrás de mim, eu sabia que alguma coisa havia aparecido na janelinha do lado de lá. Começava uma gritaria. E era a mesma coisa quando algo surgia do meu lado. Às vezes, eu me distraía, tentando descobrir por que as crianças estavam gritando do outro lado e acabava perdendo a minha parte da atração.

Eu sempre queria repetir o passeio, me sentando em lados diferentes, mas a fila costumava ser imensa e era impossível ficar esperando. Tinha que deixar para outro dia e torcer para me lembrar de que lado do banco eu tinha feito o passeio na vez anterior.

Quando o passeio terminava, a gente demorava um pouco para sair, pois algumas pessoas se atrapalhavam para subir a escadinha circular. Quem tinha entrado por último, seria o primeiro a sair.

Naquele dia, eu tinha deixado minha irmã descer primeiro com a minha mãe e o Waldo. Acabei ficando para trás e, por isso, fui um dos primeiros a "respirar ar puro" novamente. Enquanto eu esperava por eles, olhei para a frente e vi o próximo brinquedo onde eu queria ir: o Teleférico.

Por acaso, observei um certo movimento, um "bolinho de pessoas" que parecia estar atrás de alguém.

Eu não estava entendendo nada, mas, do jeito que estava a movimentação, parecia ser algo muito interessante, melhor do que os brinquedos.

De repente, surgiu uma bandinha tocando e seguindo aquela agitação. Foi então que eu constatei que ali havia algo realmente especial. Fiquei curioso.

Finalmente minha mãe, minha irmã e o Waldo apareceram e fomos rapidinho atrás daquele movimento.

O que seria aquilo afinal de contas?

5

O menino de cartola

— Eu quero andar na cadeirinha — reclamou Cicinha quando viu que nos afastávamos do teleférico. Era, realmente, um brinquedo muito interessante, pois ele atravessava o parque inteiro e, assim, tornava-se possível vê-lo do alto, de maneira bem divertida.

— A gente já volta — respondi. — Só quero ver o que é aquele monte de gente.

— Também quero saber — disse o Waldo. A gente estudava na mesma sala desde o 1º ano e normalmente era assim, quando um queria saber uma coisa, o outro também ficava interessado.

Como minha mãe também estava curiosa, foi fácil convencê-la a seguir aquela multidão. Pensei que poderia ser algum personagem novo da Turma da Mônica, pois eles se espalhavam por todo o parque. Pessoas vestiam enormes cabeções que correspondiam a cada um dos personagens e passeavam por todos os cantos. Eu sabia que não podia, mas era irresistível não se aproximar, por trás deles, e dar uns tapinhas no cabeção. Aquilo era proibido, pois incomodava a pessoa que estava lá dentro, mas que era divertido, era.

Apressamos o passo e logo estávamos juntos de todos. Não foi tão difícil e, para dizer a verdade, não havia tanta gente, mas as pessoas sorriam e ganhavam alguma coisa. Minha mãe precisou parar um pouquinho, por causa de sua dor no pé, e aproveitou para perguntar a um funcionário que olhava distraído o movimento:

– Moço, o que está acontecendo ali?

O homem sorriu e explicou, sem ao menos olhar com atenção para o local que minha mãe indicava.

– É o prefeitinho da Cidade da Criança.

– Prefeito? – perguntei.

– Sim – continuou o homem. – Aqui não é uma cidade? Então, toda cidade tem um prefeito. Aquele lá é o nosso.

– E o que ele faz? – perguntou o Waldo.

– Quando é um dia especial como hoje, feriado – respondeu o funcionário –, ele fica aqui o tempo todo para receber os turistas, conversar com as pessoas, dar autógrafo.

– Autógrafo? – me espantei. – Ele é famoso assim?

– Sim. Aqui é. Ele é um menino muito bacana. A gente gosta bastante dele.

– Menino? – estranhou o Waldo. – O prefeito é um menino? Coitado, não deve ter tempo de brincar.

– Tem sim, e brinca de graça – retrucou o homem.

– De graça? – me espantei.

– Sim, no parque todo, sempre que quiser. Essa é uma das vantagens em ser o prefeitinho – concluiu o homem pedindo licença, pois já era hora de acomodar uma nova turma no trenzinho que se preparava para partir.

Fiquei ainda mais curioso e partimos atrás do tal do prefeitinho. A primeira coisa que vi foi um chapéu alto, aquilo se destacava por entre as crianças. Quando nos aproximamos, percebi que era uma cartola. Eu nunca tinha visto algo assim de perto, só no gibi do Tio Patinhas. Mas lá estava ele: era mesmo um garoto, um pouco mais alto do que eu, talvez tivesse a minha idade. Ele estava rodeado de pessoas que abraçava, com quem conversava e dava autógrafos de verdade. Eu nunca tinha visto alguém dando autógrafos. Foi então que uma pessoa passou por mim com um jornalzinho e eu vi que havia uma foto do garoto na capa, a cartola era igualzinha.

O menino era realmente famoso. Me aproximei e vi que ele estava distribuindo balas e pirulitos, era só pedir.

– Mãe, eu quero um pirulito – pediu a Cicinha. E, assim, nos aproximamos do prefeitinho.

– Oi – disse ele para minha irmã. – Você quer um pirulito? Aqui está.

E ela pegou o pirulito feliz da vida. Ele foi muito simpático, sempre sorridente. Conversava com todas as pessoas. A roupa dele era realmente diferente e até um pouco engraçada. Além da cartola, ele usava uma gravata-borboleta e um fraque, até parecia um pinguim.

Ele conhecia o parque perfeitamente, pois as pessoas chegavam a perguntar: Onde é o Submarino? A Casa Maluca? As Xícaras? A Cidade Amazônica? E ele dava as indicações sem pestanejar.

– Vamos para o teleférico agora, mamãe? – pediu minha irmã.

– Sim – respondeu ela. – Murilo, Waldo! Vamos, senão o dia vai acabar e não fizemos nada.

Ela estava certa, tínhamos que brincar, mas, claro, não ia dar para brincar em tudo. Imediatamente pensei no menino prefeito. Nossa, além de receber toda aquela atenção, ele podia brincar de graça.

Como seria aquilo? Ter o parque inteirinho só pra ele?

Devia ser legal.

Daquele dia em diante eu só queria saber uma coisa: Como é que alguém se tornava prefeito? Será que tinha que ser filho do dono do parque? Comprar uma coisa? Participar de algum concurso?

Eu estava muito curioso e, claro, doido para ser o prefeitinho da Cidade da Criança.

6
Segredos do tio

– Olha aí, você não queria ver? – falou minha mãe. – Vai passar um filme do seu tio hoje na TV.

Até que enfim, eu pensei. Finalmente eu assistiria a um filme do meu tio. Não era no cinema, mas tudo bem.

O meu tio famoso! Ele era a pessoa mais famosa que eu conhecia, até o dia em que encontrei o prefeitinho da Cidade da Criança. Eu nunca tinha visto ninguém dando autógrafo; meu tio mesmo, nunca vi.

Até pensei em avisar todos os meus amigos a respeito do filme, mas ia dar muito trabalho. Eu não podia nem pensar em pegar no telefone, pois minha mãe já tinha deixado bastante claro que o aparelho só podia ser usado em caso de emergência.

Se ainda fosse dia de aula, eu conseguiria avisar a turma, mas era sábado, não tinha mesmo jeito. Paciência. Por mim, eu só avisaria a Leila. É uma garota linda que... sei lá... Gosto dela, mas ela nem olha pra mim. Talvez, se soubesse que meu tio é famoso, ela me desse mais atenção. Enfim...

O filme ia passar na TV Cultura e se chamava *Tico-Tico no fubá*. Quando passou uma propaganda, a primeira coisa que me chamou a atenção foi a aparição da atriz Tônia Carrero, bem jovem, linda. Nas novelas, embora ela realmente fosse uma bela senhora, ela estava mais velha. Pelo menos a novela era colorida. Fazia pouco tempo que tinha surgido a TV colorida no Brasil, em 1972. Já em 1974, produziram a primeira novela inteirinha em cores: *O Bem-Amado*. Meu tio Giovanni, que também adorava teatro, disse que essa novela tinha sido inspirada na obra de um importante autor, Dias Gomes. Meu pai, que achava que meu tio trazia algumas notícias perigosas para dentro de casa, sempre avisava:

– Pare de poluir a cabeça do menino.

Eu não entendia muito bem como eu seria "poluído" apenas por escutar o nome de um autor de teatro ou TV, mas meu pai sempre dizia que os militares não gostavam desse autor, que ele já tinha tido até novela censurada, uma tal de *Roque Santeiro*, que foi proibida de entrar no ar.

De vez em quando, meu pai e meu tio discutiam, eles pensavam diferente sobre um montão de coisas. Eu sabia muito pouco de algumas histórias, mas uma das mais escondidas era a de que meu tio tinha sido preso. Ele não havia roubado nada, nem matado alguém. Por mais absurdo que possa parecer, escutei que ele tinha sido preso por causa de um livro. Na minha casa, quase não existia livro, apenas os da escola. Meu tio não gostava, particularmente, de um que eu tinha, *Educação Moral e Cívica*. Afirmava que aquilo só servia para distorcer a cabeça das crianças, que era coisa da ditadura em que vivíamos.

Não se falava muito sobre esse assunto na minha casa, mas eu me lembro que tive dificuldade em escrever o nome do nosso presidente, Ernesto Geisel. Se falava "Gaizel", mas se escrevia Geisel. De vez em quando, ele aparecia na TV e me parecia um homem carrancudo, alto e que usava uns óculos redondos, feios. Eu achava que ele era muito velho, pois os cabelos dele já eram bem branquinhos.

Meu tio não gostava dele e duvidava que ele fosse realmente "reabrir" o Brasil. O presidente tinha dito em seu discurso de posse que o processo de abertura do Brasil iria ser "lento, gradual e seguro". Mais uma coisa que eu não entendia. O Brasil não me parecia fechado, eu andava por todos os lados sem nenhum problema, não me sentia preso de jeito nenhum.

Eu só conhecia parcialmente as coisas porque meu pai não permitia de modo algum que meu tio fizesse esses comentários comigo ou minha irmã por perto. O problema é que tantos segredinhos só aumentavam a minha curiosidade. Sempre que eu percebia que estavam falando sobre aquele assunto, eu me aproximava para escutar. Assim aprendia algumas coisas. Na minha escola não se falava nunca a palavra "ditadura". Eu nem sabia o que era, mas, em casa, em todo almoço de domingo, era muito comum que ela surgisse.

Meu pai tinha deixado claro que eu não podia, DE JEITO NENHUM, repetir as conversas do tio Giovanni fora de casa.

Fosse como fosse, havia chegado a hora de ver o filme. A família inteira se colocou diante da televisão. Era uma pena que o filme não fosse colorido logo agora que nossa TV era, mas o importante era que daria para ver de qualquer jeito.

Anunciaram o filme e ele começou. Apareceu a plaquinha da censura, que sempre era mostrada antes de cada filme, dizendo a qual idade aquele filme se destinava. Aquele era livre, ainda bem. De cara, já ficávamos sabendo que era a história da vida de um famoso compositor brasileiro, Zequinha de Abreu.

– Gente – disse meu tio –, vamos prestar atenção que é daqui a pouco que eu vou aparecer.

– Faz tanto tempo que eu vi, que nem me lembro mais – comentou minha mãe.

O filme mostrou uma praça com um monte de gente e, de repente, meu tio sorriu.

– Olha lá, já vou aparecer, logo ali, à esquerda. – Então, ele deu um pulo e mostrou: – Olha eu lá, como eu era novinho, um garoto.

Juro que eu tentei acompanhar, mas foi tão rápido, que eu não consegui ver.

– Ah, tio, eu não vi – alertei. – Fala quando vai aparecer de novo para eu prestar mais atenção.

– Mas eu não vou aparecer de novo – respondeu ele.

– Não? – estranhei. – Mas a família inteira sempre disse que o senhor tinha feito o filme, eu pensei...

– Ora, e eu não fiz o filme? – resmungou ele. – Eu era figurante. Só apareci ali. O diretor até pensou que poderia me usar em outra cena, na plateia, mas não deu certo. Eu não pude ir no dia da gravação.

– Eu pensei que o senhor ia aparecer mais.

– Eu era muito jovem, quase uma criança. Não tinha muita criança nesse filme. Dei até sorte de aparecer um pouquinho.

– É que seu tio gosta de contar vantagem – riu meu pai.

– Ué, você já apareceu em algum filme, por acaso? – resmungou meu tio.

– Eu não! Quero distância disso. Ator, atriz, essa gente está sempre metida em coisas esquisitas, proibidas – falou meu pai.

– Não provoca, Adelmo – pediu minha mãe. – Depois você fica reclamando que ele fala de política dentro de casa.

E os dois homens se olharam e riram.

Bem, eu continuei vendo o filme. Quem sabe meu tio aparecia de novo? Vai saber se ninguém percebeu.

Mas, se fosse só aquilo, olha, eu iria ficar bem decepcionado.

7
Surpresa na escola

No começo do ano, eu comprei um gibi e fiquei sabendo que estamos no Ano Internacional da Criança, 1979. Há um selinho impresso na capa das revistinhas, quase todas. Eu achei legal, sei lá, pensei até que fosse um ano em que as crianças iriam ganhar alguma coisa, um montão de presentes, mas, até agora não aconteceu nada.

Eu gosto de colecionar gibi, tenho um montão e guardo todos com cuidado. O melhor lugar para se comprar é no Parque Dom Pedro, no centro de São Paulo e, sempre que eu tenho dinheiro, vou lá. O bom é que eu tenho só 10 anos e não pago passagem. É só entrar no ônibus, passar por debaixo da roleta e ir. Da minha casa até lá, dá mais ou menos uma hora. O dinheiro que eu tenho é o que eu consigo economizar do lanche; eu nunca como nada na cantina da escola. Primeiro porque é caro e, segundo, porque prefiro guardar para comprar gibi.

O que eu acho engraçado é o cobrador que fica andando pelo ônibus. Ele tem um bloco com tíquetes coloridos e, dependendo do local a que você vai, ele lhe dá um. Acho que se você for pego com um tíquete colorido que só permite a viagem até certo ponto, tem que comprar outro, da cor certa. Como eu nunca pago, nunca peguei um daqueles.

Adoro fazer esse passeio, pois a banca que tem lá é bem grande, mas bastante desorganizada. Só nela eu encontro gibis mais antigos. Escolho, procuro, pego e pechincho na hora de pagar. O homem sempre me dá desconto e isso é muito bom.

Minha mãe costuma implicar com algumas coisas, mas ela não liga que eu faça esses passeios. Eu só descobri que aquele lugar existia porque eu fui com ela uma vez para o centro de São Paulo para comprar roupa, pois lá é mais em conta. Quando vi a banca, pedi para entrar e, pronto, virei freguês.

Na minha escola eu sou, digamos, um pouco famoso. Não é a fama que eu gostaria de ter, mas tenho. Sou o filho da professora; minha mãe dá aula lá. Ainda bem que eu não tenho aula com ela, senão os folgados dos meus colegas iriam dizer que as minhas notas só são boas porque ela corrige. Eu sou mesmo um bom aluno. Adoro as aulas de História, de Ciências e de Português. Gosto de ler, bastante. Acho que a culpa é dos gibis. Acabo aprendendo um montão de coisas, principalmente com os do Tio Patinhas e da Turma da Mônica. Os personagens viajam, mostram lugares diferentes e até voltam no passado.

Já invento e escrevo minhas histórias, principalmente nas aulas de redação, que acontecem toda sexta-feira. A professora dá o título e a gente cria. Eu começo a escrever e a história sai facilmente. Uma vez, fiz uma adaptação de uma história que eu tinha lido para o Natal, *A menina dos fósforos*, e fez o maior sucesso. A professora sempre me pedia para ler a minha redação na semana seguinte; eu adorava. Ao final, todo mundo me aplaudia.

Eu sempre ia para a escola junto com minha mãe, não era tão longe de casa. Aliás, a gente só podia estudar em uma escola que fosse próxima de nossa residência. Como minha mãe não gostava da escola que existia no bairro antigo em que morávamos, nós nos mudamos para o que vivíamos atualmente. Minha mãe já dava aula na nova escola, E.E.P.G. Profa. Maria Iracema Munhoz, e, assim, ela achou que a mudança seria conveniente para todos. Meu pai concordou e pronto.

Então, naquela manhã, durante o caminho, minha mãe me disse uma coisa:

— Hoje vai acontecer algo diferente na escola, acho que você vai gostar.

– O quê, mãe?

– Não vou te contar, você vai ficar sabendo com todo mundo quando chegarmos lá. A diretora quer dar a notícia.

– Conta logo, mãe, estou curioso.

– Não, eu te conheço. Antes de chegarmos na escola, você já vai ter contado pra cidade inteira. Espere. Acho que você vai achar interessante.

Odiava quando ela fazia isso. Eu sou muito curioso, não aguento que fiquem me escondendo as coisas, mas não tinha jeito. Até tentei mais algumas vezes; não adiantou nada.

Quando chegamos, todos os alunos estavam sendo encaminhados para o pátio. Era um local bem grande, todo coberto. Em uma das pontas dele ficavam os banheiros e os bebedouros. No lado oposto, existia um palco, no qual apresentavam peças de teatro e *shows*. A peça mais bacana que eu vi ali foi *A bruxinha que era boa*, de uma autora chamada Maria Clara Machado. Depois, eu fui até a Biblioteca Pública Monteiro Lobato, que ficava pertinho da escola, e descobri que ela escreveu mais um montão de peças. Entre elas, outra sensacional, *Pluft, o fantasminha*.

A turma toda foi se juntando e, claro, o pessoal me perguntava alguma coisa. Se eu soubesse, eu já teria adiantado o assunto. Minha mãe realmente me conhece muito bem.

Quando o portão da escola fechou e todos os alunos estavam no pátio, a diretora subiu no palco e anunciou:

– Tenho uma notícia excelente para dar. Aposto que todo mundo vai gostar bastante.

Quando ela começou a falar, eu fiquei surpreso, mal podia acreditar no que ela estava dizendo.

Era bom demais para ser verdade!

8
Uma chance!

A frase que a diretora pronunciou não saía da minha cabeça.

– Nossa escola foi escolhida para concorrer à eleição do prefeitinho da Cidade da Criança.

Todo mundo ficou animado. Para dizer a verdade, ninguém sabia muito bem o que é que fazia o tal do prefeitinho, alguns nem sabiam que ele existia. Eu sabia porque o vi de pertinho e achei muito legal. O Waldo também se lembrou.

Da vontade de ser prefeitinho até a realização desse sonho parecia haver uma grande jornada, mas algumas coisas me eram bem favoráveis. Em primeiro lugar, a escola precisava ser sorteada, a minha foi. Todos os anos eles sorteavam três escolas para que oferecessem um candidato cada. A criança escolhida deveria ter entre 5 e 10 anos. Eu estou no limite da idade, com 10. Depois, vinha a grande batalha que era a de participar da eleição lá na Cidade da Criança. Somente as crianças poderiam votar e os candidatos deveriam buscar voto a voto.

Porém, antes disso tudo, faltava uma parte muito importante: eu precisava ser o escolhido da escola.

– Feliz com a novidade, filho?

Eu estava tão entretido com meus pensamentos que nem a vi se aproximando.

– Era essa a surpresa?

– Sim, querido. Eu lembro que você ficou muito curioso quando viu o prefeitinho e eu achei que você ia gostar de saber que tem uma chance.

– Eu tenho? – perguntei animado.

– Claro, quem estiver dentro da faixa etária vai poder disputar. É só dar o nome, você quer?

Nem terminei de responder e ela me avisou para ir anotar meu nome em uma lista que estava com a diretora. Nem todo mundo ficou interessado, poucos, na verdade. O Waldo não quis, achou ridícula a roupa do prefeitinho, mas disse que eu ia ficar bem nela. Parece que ele quis me ofender, mas deixei pra lá. Acho que o pessoal ficou com um pouco de medo, de ter que governar, fazer coisas chatas.

Eu não, pois eu vi o que ele fazia: só se divertia e dava autógrafo.

Eu me aproximei da diretora e pedi:

– Posso colocar meu nome?

– Evidentemente – respondeu ela. – E acho que você é um excelente candidato.

Acho que ela estava dizendo aquilo para todo mundo, mas, de qualquer forma, o primeiro passo eu já tinha dado.

Todo mundo sabia que eu era o menino que queria ser prefeito.

9

Memória da pele

– Eleição? Na sua escola? Mas isso é um negócio muito sério – comentou meu tio enquanto enchia o prato com a macarronada de domingo na minha casa. – E você é candidato? – perguntou ele, deixando o garfo de lado e me dando um grande abraço. – Que orgulho!

Meu tio Giovanni foi quem ficou mais feliz. Meu pai não disse nada, mas parecia um pouco desconfiado, receoso. Na minha casa se evitava falar de política, então, aquela novidade veio mesmo inserir um assunto complicado no cotidiano.

– Eu também estou muito feliz – disse minha mãe. – Mas vamos com calma porque tem outros candidatos e...

– E como vai ser isso? – perguntou meu tio.

– Os professores vão se reunir, conversar e...

– Eleição indireta, Theodora? Não acredito que vocês vão fazer uma coisa dessas! – reclamou meu tio, deixando novamente o macarrão de lado. – Por que vocês não deixam as crianças votarem, expres-

sarem a opinião delas? Já não basta nós, adultos, que não podemos votar para o cargo mais importante deste país, o de quem manda, o de presidente? Agora, tirar uma oportunidade das crianças elegerem um candidato para um cargo executivo, aí, pra mim, é o fim.

– É que as crianças podem escolher errado... – começou minha mãe, que foi logo interrompida pelo meu tio.

– Quem disse que elas vão escolher errado?

– É que pode ser que uma criança tenha mais amigos do que outra e isso pode ser injusto – concluiu minha mãe.

– Então, vocês coloquem todas as crianças para falar, defender seu ponto de vista, dizer em que acreditam. O que não pode é tirar delas o direito de escolher o candidato – falou meu tio, bastante convicto. – Parece que você não aprendeu nada desde que a Cristina desapareceu.

Quando ele tocou nesse assunto, meu pai perdeu a paciência e falou:

– Já falei que não quero falar de política dentro de casa. Será que não podemos almoçar em paz?

Baixou um silêncio constrangedor, só se ouviam os garfos riscando os pratos. Demorou um pouco essa situação, mas meu tio logo retomou o assunto.

– Não falar sobre o assunto, Adelmo, não vai trazer nossa democracia de volta. Já se esqueceu como era?

– Não, Giovanni, não me esqueci. Só não quero me lembrar!

Eu não entendi o que ele quis dizer com aquilo. Do que ele não queria se lembrar?

– Pois eu me lembro todos os dias! – resmungou meu tio. – Tem marcas em mim que não me deixam esquecer o assunto um só dia.

Foi então que ele se levantou da mesa e saiu. Ficamos nós ali, na mesa, sem saber o que fazer. Cicinha pediu a sobremesa. Minha mãe quis ir atrás dele, mas meu pai acenou para que ela não fosse.

Terminamos de comer, minha mãe retirou a mesa e levou a louça para a cozinha. Eu quis falar com ela, mas, quando vi que ela estava chorando enquanto ensaboava os pratos, fui para fora tomar sol.

Era melhor esquecer aquele dia, como tantos outros, aliás.

10
Isso serve para alguma coisa?

Meu tio Giovanni mora na minha casa. Assim, somos cinco pessoas lá. Nossa casa não é muito grande, tem três quartos, uma sala, cozinha, um banheiro. O quintal, pelo menos, é amplo. Dizem que meu avô foi o dono de quase todas as casas da rua, mas ele teria perdido a riqueza da família no jogo. Contam que ele adorava apostar em tudo o que aparecia: cavalos, loteria, rifa e até no jogo do bicho, que era, e ainda é, ilegal.

Porém, o pior de todos, segundo conversas que minha avó contava, era o carteado. Ele adorava jogar pôquer e foi perdendo casa por casa. Só sobrou a nossa porque minha avó o forçou a colocá-la no nome dela. Parece que minha casa era formada pela união de dois terrenos, assim, ela se tornou a maior do bairro. No quintal havia algumas árvores, um pé de manga e outro de abacate.

Nesse quintal, bem no fundo, havia uma edícula, com apenas uma saleta e um quarto. Do lado de fora ficava um banheiro. Era ali que meu tio morava. Parece que tinha sido, nos tempos do meu avô, um galinheiro, entretanto, depois de uma boa reforma, virou aquele pequeno canto em que meu tio vivia.

Fazia alguns anos que ele estava lá, eu não me lembro quando ele chegou. Acho que eu ainda nem tinha nascido. Minha mãe falava para eu me comportar, não perguntar nada e fazer pouco barulho no quintal para não o incomodar.

Eu me esforçava, mas, às vezes, eu começava a brincar, principalmente quando o Waldo aparecia, e esquecia que ele estava lá. Meus pais sempre estavam trabalhando e, assim, não havia bronca. A gente só ficava quieto quando meu tio surgia na porta da edícula. De vez em quando, ele vinha enrolado em um cobertor e ficava olhando para o céu, para o abacateiro. Eu achava estranho, mas não falava nada.

Eu descobri, escutando uma conversa aqui e ali que, quando a vizinhança começou a ficar curiosa sobre o novo "inquilino", meu pai informou que o tio estava doente e que ele precisava descansar. Demorou bastante, mas, aos poucos, ele foi saindo do quarto, entrando em nossa casa, tomando café, sempre muito tímido.

Acho que existem muitas coisas estranhas nessa história.

Um dia, ele ergueu a camisa sem querer e eu notei que ele tinha umas marcas esquisitas na barriga, meio redondinhas e escuras, como se fossem pequenas verrugas. Quando ele percebeu que eu estava olhando, arrumou a roupa rapidamente. Sempre achei que fosse aquele o problema dele, uma doença, por isso que veio para nossa casa.

Ele morava no Rio de Janeiro, a cidade maravilhosa. Eu tinha vontade de ir lá conhecê-la, mas nunca fui. Eventualmente meu tio descrevia a paisagem, as praias, o Pão de Açúcar, o Corcovado. Ele falava que era a cidade mais linda do mundo.

– Então, por que saiu de lá e veio morar aqui em São Bernardo? – perguntei certa vez.

– Olha, acho que não foi mesmo a melhor opção, mas a minha irmã, sua mãe, estava vivendo aqui e todo mundo achou que fosse melhor eu vir para cá durante uns tempos. Esse "uns tempos" acabou virando até hoje, já faz alguns anos.

Ele é formado em Contabilidade e, eventualmente, consegue algum serviço. Ele se sentia aliviado quando estava trabalhando, pois só assim podia ajudar com as despesas da casa. De vez em quando, ele trazia doce para mim e para a Cicinha, mas o mais legal de tudo foi quando ele trouxe um Vai-Vem pra gente. Todo mundo tinha um, menos eu. Era azul e eu ficava brincando com minha irmã, mas eu preferia brincar com o Waldo porque dava para jogar mais rápido.

A coisa em casa só ficava difícil quando meu tio resolvia falar de política. Se esse assunto principiasse, a conversa nunca terminava bem. Ele sempre acabava indo se trancar na edícula.

Eu me lembro do dia em que meu pai ficou bravo pra valer. Estávamos na sala vendo TV, e apareceu um desfile militar comemorando alguma data cívica. O presidente, de terno, surgiu na tela. Ao lado dele muitos homens idosos uniformizados e com cara de poucos amigos. Quando os soldados começaram a marchar, meu tio foi ficando inquieto. Até fiquei com medo, pois ele se mexia na cadeira, pronto para dizer alguma coisa. Até falta de ar ele sentia.

– Quer um copo de água? – eu me lembro que minha mãe perguntou.

Meu pai permanecia quieto, fingia que não percebia o que estava acontecendo, mas eu notava que ele olhava meu tio com o canto do olho.

Eu escutei o Hino Nacional e fiquei feliz ao constatar que já o conhecia de cor, pois era comum que hasteássemos a bandeira e o cantássemos na escola.

– Isso é uma vergonha! – finalmente gritou o meu tio. – Por que eles não falam das pessoas que estão desaparecendo, dos mortos, dos que tiveram que fugir do país?

Meu pai se levantou da cadeira e disse:

– Não admito que você fale assim na minha casa! O que você quer? Criar problemas para a família inteira? Se você quis errar, problema seu. Aqui na minha casa, não!!!

Meu tio tremia. Minha mãe interveio para impedir que eles brigassem. Eu realmente não sei se eles iriam de fato se atracar, mas, fosse como fosse, minha mãe levou meu tio para a edícula. Ela demorou para voltar. Quando retornou, foi para o quarto com o meu pai e eles discutiram.

Eu tentava fingir que não escutava, mas era impossível. Só ouvia ruídos, é verdade, mas foi bastante triste aquele dia.

De lá para cá, a relação entre os dois foi melhorando aos poucos e meu tio voltou a falar de política, mas sempre de maneira mais calma, serena.

Eu achava tudo aquilo muito chato. Se falar de política gerava tanta confusão e brigas em família, por que ficar falando sobre isso? Não sei para que serve, nem me interessa.

E, afinal, será que serve para alguma coisa?

11
Dias que passam

Parece que quando a gente quer que aconteça alguma coisa, os dias passam cada vez mais devagar.

Eu estava louco para saber se eu seria o escolhido como candidato à eleição de prefeito mirim da Cidade da Criança, mas ninguém dava qualquer sinal. Minha classe estava muito animada, torcendo e até já me chamando de "prefeitinho". O único interesse do Waldo era saber se eu iria levar os amigos para brincar de graça, caso eu ganhasse. Eu até respondi que sim, mas não sabia se seria possível. Se desse, eu levaria sim.

Nem minha mãe tinha qualquer informação para me passar.

Bem... minha mãe. Ela resolveu ficar em silêncio e não estava participando da comissão de julgamento justamente por isso: por ser minha mãe. Ela não queria que ficassem dizendo, se eu fosse o escolhido, que isso só tinha acontecido por causa dela.

Eu também não!

Já era chato quando eu ia bem na prova e escutava:

– Só acertou porque é filho da professora...

Às vezes, a matéria não tinha nada a ver com a que minha mãe dava, que era História, e eu só ia bem "por causa dela". Eu estudava muito e prestava atenção na aula. Não era o melhor aluno, mas eu nunca fiquei de recuperação, por exemplo. Sempre passei com folga. Achava bem injusto esse tipo de comentário.

Então, enfim...

Um dia, aquele momento que eu aguardava, finalmente, havia chegado.

Eu estava na sala de aula, copiando um ponto da lousa, quando entrou uma das professoras que participava da seleção, a dona Helena. Cumprimentou minha professora, minha sala e disse:

– Murilo, queremos falar com você!

A sala inteira se entreolhou, deu risadinhas, mas a professora não deu qualquer sinal positivo, estava muito séria.

Eu a segui pelo corredor, que nunca me pareceu tão longo. Eu contava os ladrilhos vermelhos do chão, olhava para as paredes amarelas, lisas, tão lisas. Na entrada da escola havia um grande painel de azulejos com a história do fundador da cidade, João Ramalho. Os passos estavam tão arrastados que eu quase contei quantos azulejos formavam a figura.

Foi então que, pela primeira vez, eu entrei na sala da diretoria. Era uma sala grande, com um armário de madeira que tinha duas portas. O vidro delas não era transparente, parecia feito de bolhas, assim, não era possível ver o que tinha dentro. Na mesa do diretor, um troféu de jogos esportivos. Três professoras estavam me esperando, além do diretor. Com a que me levava, agora havia cinco pessoas me encarando de maneira indecifrável, misteriosa.

– Pode se sentar, Murilo.

Eu me acomodei e todos ficaram de pé, diante de mim.

– Meu querido – disse uma das professoras. – Em primeiro lugar, queríamos te agradecer por você ter se inscrito na seleção.

Foi muito importante saber que você tem ambições, sonhos...

A outra professora se adiantou e completou.

– E é muito bom ter sonhos, vários, alguns vão se realizar, outros, não.

A terceira professora também quis falar e disse:

– A gente quer que você saiba que a escolha foi muito difícil. Nós analisamos os currículos de todos os candidatos, as melhores notas, a animação, a sociabilidade.

Eu não escutei direito a última palavra que ela falou, eu parei de escutar quando ouvi "as melhores notas". Fiquei pensando que eu deveria ter estudado mais, me esforçado. Agora não adiantava, era uma pena ter perdido aquela oportunidade por causa de uma ou outra nota.

– Murilo, Murilo – perguntou a professora Helena –, você escutou o que a gente acabou de falar?

Nossa, parecia que eu tinha ido viajar e caído violentamente na Terra! Eu fiquei tão perdido em meus pensamentos que, de verdade, não havia escutado mais nada do que elas tinham dito.

– Não, desculpa, professora. Eu me distraí.

– Sim, Murilo, percebemos – falou o diretor. – Mas a partir de agora você não vai poder ser assim, tão distraído.

– Por que não? – perguntei.

A professora Helena, então, sorriu e repetiu o que ela já tinha dito.

– Você foi o escolhido, querido. Você é o candidato da nossa escola. Está contente?

"Eu? Eu?", pensei, mas eu não era o melhor aluno... Talvez fosse bem popular, só isso. Bem, era melhor parar de pensar, senão eu iria viajar novamente e era capaz de eles voltarem atrás.

– Eu? Que legal! Estou muito contente. Vou ser um prefeito bem legal.

– Opa, calma aí – disse a segunda professora. – Você é somente o nosso candidato. Para vencer a eleição, há um longo caminho pela frente.

– E você vai ter que segui-lo direitinho – disse a terceira professora, de forma quase ameaçadora. – Lembre-se de que você estará representando a NOSSA ESCOLA. Tome muito cuidado com o nome dela.

– Mas o que é que eu vou ter que fazer a partir de agora?

E foi então que todos na sala começaram a falar ao mesmo tempo, a me abraçar, a desejar boa sorte e... principalmente, me contar como seria minha vida dali em diante.

Nossa, se eu soubesse antes como ia ser, talvez nem tivesse colocado meu nome naquela lista. Agora, não dava mais para voltar atrás. Somente seguir em frente.

12

A censura,
não me calarei!

– E por que você quer ser prefeitinho, afinal de contas? – perguntou meu tio quando ficou sabendo que eu era um candidato, de verdade.

Eu ainda estava tentando descobrir o que o prefeitinho faria de fato, apenas descobri que eu iria ter que me empenhar muito, estudar. Quando eu deixei a sala da diretoria, minha mãe já me esperava do lado de fora. Ela queria saber se eu tinha gostado da novidade. Respondi que sim, claro, e ela sorriu dando autorização para que a escola pudesse me inscrever.

Daí em diante, era só trabalho. Eu teria que ficar depois da aula para aprender a falar em voz alta, não cometer erros muito sérios de português. Achei que isso não seria um grande problema, pois, como eu leio muito porque gosto, até acho que sei falar direitinho. O problema, de verdade, é falar em público. Eu fui avisado de que, em algum momento, eu seria apresentado como candidato junto aos outros meninos selecionados das outras duas escolas que estavam disputando o cargo. Eu deveria estar preparado para falar direito, não gaguejar e, principalmente, não falar nenhuma bobagem.

Eu teria que fazer um discurso. Ainda não sabia se eu que escreveria ou se seria função da professora Helena, que iria me acompanhar durante todo aquele processo.

Então, quando meu tio me fez a pergunta, eu apenas me lembrei do que tinha visto quando visitei a Cidade da Criança e respondi:

— Quero ficar famoso! Dar autógrafo!

Percebi que ele ficou incomodado. Eu já sabia reconhecer quando ele estava nervoso com alguma coisa. Por várias vezes, eu o vi se demonstrando insatisfeito durante as conversas com o meu pai. Ele se ajeitava na cadeira, apertava levemente os olhos e respirava fundo. Parecia que ele queria se controlar, não falar nada agressivo.

— Mas você acha que é só isso que um prefeito faz? Dar autógrafo? — perguntou ele.

Meu pai não estava em casa, mas minha mãe, ao ouvir aquilo, já avisou.

— Não começa, Giovanni. Deixa o menino em paz.

— Será que você não percebe como isso é importante, Theodora? — respondeu ele para minha mãe. — Eles vão poder votar para um cargo executivo, isso é muito importante. Você se lembra quando foi a última vez que você conseguiu votar para presidente?

— Eu já vi a mamãe votar — respondi, me lembrando de que nós fomos até uma escola. Fiquei impressionado com a quantidade de papel que havia jogado pela rua. Parecia um mar de pequenas folhas coloridas.

— Sim, querido — respondeu meu tio. — Eles fingem que deixam a gente votar, mas não podemos eleger quem realmente manda: o presidente. Essa ditadura maldita...

– Não fala assim dentro de casa, por favor – pediu minha mãe. – Você sabe que o Adelmo não permite. E eu também não gosto. Chega, o pior já passou.

– Como é, Theodora? – indignou-se meu tio. – O pior já passou? A gente não sabe como vai ser o dia de amanhã. Esses militares estão matando indígenas, ocupando suas terras, mantendo todo o Nordeste na pobreza. Nunca temos notícia alguma. A censura está aí, tomando conta de tudo. Nós não temos acesso à verdade e você sabe muito bem disso.

Daí em diante teve um pequeno bate-boca entre meu tio e minha mãe. Ele falou sobre a censura, que era uma coisa horrível. Ninguém era livre para escrever o que pretendesse, cantar a música que desejasse. Artistas e poetas eram presos simplesmente porque escreveram um verso, algo que não tinha sido aprovado. Toda criação artística, jornalística, qualquer informação precisava ser submetida a um grupo de pessoas, os censores, que diriam se aquilo podia ou não ser divulgado. Quem desobedecesse era preso. Meu tio contou que um jornal, quando não podia publicar alguma notícia, colocava uma receita no lugar do texto censurado ou um trecho do poema "Os Lusíadas", de Camões.

– Chega! – falou minha mãe muito nervosa. – Preciso preparar o jantar e não posso mais perder meu tempo com essa conversa. Murilo, esqueça tudo o que você escutou. Não posso nem imaginar o que seu pai vai dizer se descobrir que tivemos essa discussão. Já foi muito difícil convencer o Adelmo a te aceitar em casa durante todos esses anos, Giovanni, pare com isso, por favor!

Dizendo isso, ela saiu da sala e foi para a cozinha.

Meu tio resmungou alguma coisa, mas ficou quieto.

Eu estava achando tudo aquilo muito complicado. Eu sabia que meu tio não era exatamente bem-vindo. Pelo meu pai, ele já teria ido embora há muito tempo, porém, já tinha ficado evidente que ele não tinha para onde ir. Morar conosco era sua única opção.

Ele raramente permanecia muito tempo em um trabalho. Parecia que as pessoas tinham medo de empregá-lo.

– Sobrinho – disse ele –, não ligue para o que aconteceu. Eu e sua mãe... a gente briga de vez em quando, mas nos amamos profundamente.

– Eu sei – respondi. – Ela já me disse a mesma coisa.

Ele sorriu e falou:

– Não vou mais tocar no assunto, hoje. Ela até sabe que eu tenho razão, mas como muita gente neste país, tem medo de falar.

– Medo do quê?

– Um dia... Eu vou ter coragem de te contar. Não vai ser hoje, mas tenho outra coisa importante para te dizer.

– O quê?

– Eu vou ser seu cabo eleitoral. Vou fazer de tudo para você ganhar essa eleição. Tudo MESMO. Não me calarei.

13
A eleição

E os dias passavam que eu nem via. Eu estava um pouco cansado e, para ser bem sincero, um pouco aborrecido. Não tinha tempo pra mais nada. Terminava a aula, eu almoçava e ficava na escola mesmo. A professora Helena, de Português, ficava comigo ensaiando, pedindo que eu lesse textos em voz alta.

Pela janela eu via meus amigos brincando na quadra, jogando bola e eu sentia muita falta. O Waldo sempre ria de mim, em qualquer situação. A sala inteira estava me apoiando e eu já tinha garantidos os votos deles. O melhor de tudo, claro, era que a Leila começou a olhar para mim, conversar mais, quem sabe se a gente, bem, aí já seria querer demais...

Se eu vencesse a eleição, eu poderia organizar o que eles chamavam de secretariado. Eu teria a liberdade de escolher quem seriam os secretários de Cultura, de Educação e até os meus vereadores. O Waldo já tinha pedido a pasta dos Esportes.

Mas faltava muito ainda e o primeiro desafio aconteceria naquela tarde. Todos os candidatos seriam apresentados ao público e eu estava curioso e com bastante medo. E se eu errasse, e se não soubesse o que falar? A professora Helena pediu que eu ficasse bastante calmo, que eles só queriam nos ver juntos, conhecer os candidatos. Seria uma oportunidade para que a gente também se visse.

E lá fomos nós para a Cidade da Criança. Desta vez foi tão diferente das outras oportunidades. A professora Helena nos levou de carro. Não era comum que as pessoas tivessem carro, mas, pelo que eu a ouvi conversando com a minha mãe, ela havia se divorciado do marido e o carro acabou ficando para ela, que tinha acabado de aprender a dirigir.

Era um dia de semana e não havia turistas ou excursões no parque. A professora estacionou e nós seguimos em direção à vilinha. Eu sempre achei aquela vila meio sem graça. Ela reproduzia uma rua de uma pequena cidade. De cada lado havia algumas casas. Ao final dela havia uma fonte e uma igreja. Do lado oposto, uma estação ferroviária de onde saía o trenzinho que circulava pelo parque. Não era um trem de verdade, que corresse sobre trilhos. Os vagões tinham rodas e eram puxados por um trator disfarçado como se fosse uma locomotiva. Era bem-feito, mas depois de andar algumas vezes nele, perdia um pouco a graça.

Uma das casinhas era exatamente a prefeitura da Cidade da Criança e, para minha surpresa, quando nos aproximamos, lá estava o prefeitinho que conheci no outro dia, com a roupa completa, cartola, fraque e gravata-borboleta.

Quem já estava lá, além do prefeitinho, era um homem engravatado que me foi apresentado como secretário de Cultura da cidade. Eu e os outros dois garotos chegamos juntos. Eu achei que nós três éramos muito parecidos. Tínhamos a mesma cara de assustados. Todos estavam com uma professora do lado e, como eu, provavelmente ficavam após a aula para treinar o modo de falar.

Eu olhei rapidamente para o interior da prefeiturinha e vi uma grande mesa com alguns objetos em cima. Havia um troféu e até um telefone. Ao fundo, duas bandeiras: a da cidade e a do Brasil. O que eu achei mais interessante foi que, atrás da mesa e no alto, havia uma foto de cada prefeitinho que já se sentara naquela mesa. Eu reconheci a foto do menino que estava conosco.

Sem muita demora, o secretário de Cultura pegou o microfone e começou a falar.

– Senhoras e senhores! Este é um dia muito feliz. Iniciamos hoje os preparativos para a eleição do novo prefeitinho da Cidade da Criança e, já na semana que vem, um desses garotos irá tomar

posse aqui mesmo, na nossa prefeitura. A função do prefeitinho é muito importante. Ele será o nosso porta-voz, o embaixador que irá receber os milhares de turistas que visitam nosso parque anualmente. Também estará presente em solenidades com o nosso excelentíssimo senhor prefeito para inaugurações, encontros e diversas atividades relevantes. Entretanto, o mais significativo: ele irá brincar, brincar muito por aqui também.

Então era isso, descobri finalmente. O prefeitinho atuava exatamente como o prefeito "de verdade" e tinha suas próprias responsabilidades. Ele deveria participar de todos os eventos a que fosse chamado e, aos finais de semana, estaria sempre na Cidade da Criança para receber os turistas, brincar com eles e até tirar fotos quando alguém tivesse uma câmera fotográfica, o que era bastante raro.

O primeiro garoto a falar se chamava Raul e estava vestido com um terninho. Sua mãe sorria e a professora dele estava apreensiva. Mas ele falou direitinho. Prometeu que iria trazer novos brinquedos e que teria um dia para que todas as crianças brincassem de graça.

O segundo candidato era o Felipe. Ele prometeu que iria zelar pela segurança e limpeza do parque para que ninguém corresse qualquer perigo. Foi bastante aplaudido.

Quando chegou a minha vez, confesso, eu senti muito medo. Eu havia decorado tudo o que a professora tinha escrito para mim, mas parecia que as palavras tinham fugido. Eu olhei para ela e vi que o sorriso que ela forçava estava muito tenso. Minha mãe permaneceu calma, acho que qualquer coisa que eu dissesse estaria bom.

Então, enchi o peito de ar e disse tudo o que eu tinha pra dizer. De repente, um silêncio enorme se fez. Não tive aplausos como os outros, porém, do nada, percebi *flashes* sucessivos. Estavam tirando muitas fotos minhas.

E agora?

Será que eu tinha dito alguma besteira?

14

Homenagem ao tio

– Jura que você falou isso? – perguntou meu tio às gargalhadas. – Pena que eu não pude ir, teria aplaudido bastante.

– Isso certamente é culpa sua – reclamou meu pai para ele. – Se você não falasse de política dentro de casa, nada disso teria acontecido.

– Eu não tenho culpa nenhuma – retrucou meu tio. – Não tenho culpa que seu filho já tenha consciência política. Aliás, acho ótimo.

– Só espero que isso não atrapalhe a campanha dele – disse minha mãe, colocando um pouco de salada no prato.

– Você não disse que amanhã vocês vão no programa da Hebe? – perguntou meu tio. – Estragou nada, acho que até aumentou a curiosidade.

– Tiraram um monte de foto minha, tio – eu falei. – Acho que gostaram de mim.

– Sim, meu querido – concordou minha mãe. – Acho até que vai sair no jornal. Amanhã eu vou comprar um. Mas, filho, você não pode repetir aquilo de novo de jeito nenhum, tá bom?

– Por que, mãe?

Naquela hora, meu tio colocou o garfo no prato e encarou desafiadoramente meu pai. Ele parecia querer dizer: E agora? Expliquem. Virem-se.

– Não pode e pronto, filho – ordenou meu pai. – Papai pode até perder o emprego. Não repita mais isso de jeito nenhum, tá bom?

Eu não queria que meu pai perdesse o emprego. Não podia imaginá-lo na situação do meu tio, sempre de olho no jornal procurando por uma oportunidade que nunca vinha. Ele se sentia frustrado, queria muito trabalhar, mas não conseguia arrumar emprego fixo.

Fiquei pensando no que aconteceu. Eu consegui me lembrar de todas as palavras que a professora havia escrito. Comecei gaguejando, mas falei que ia querer que todas as crianças pudessem ir brincar e se divertir. Eu ainda não sabia, mas não eram todas que podiam ir até o parque. O transporte, o lanche, os brinquedos, tudo isso já era difícil para mim e ainda mais inviável para milhares de outras.

Do país inteiro vinham crianças para a Cidade da Criança e isso me fez pensar a respeito de outras que gostariam de vir, no entanto, não tinham condições. Devia ser triste ver tanta propaganda na TV o ano inteiro e não ter acesso à diversão.

Depois que eu concluí o discurso da professora, me lembrei do meu tio e do apoio que ele tinha prometido me dar. Achei que ele ficaria contente se eu dissesse algo que ele sempre repetia com grande entusiasmo. Terminado o "texto oficial", eu acrescentei:

– Tomara que esta ditadura acabe logo, assim, todo mundo será livre para falar o que quiser.

Quando eu falei "ditadura", todo mundo se calou. Foi aí que as fotos começaram a pipocar. Não me lembro de, em toda a minha vida, ter tirado tantas fotos.

A professora me retirou do palco, o secretário de Cultura interrompeu sua fala e o evento rapidamente terminou. Um repórter tentou falar comigo, mas minha mãe não deixou. Ele queria saber onde eu tinha escutado que era bom que a ditadura acabasse. Eu responderia que foi com o meu tio.

Agora, todo mundo me fala que não é para tocar no assunto, mas, sinceramente, ninguém me explica CLARAMENTE a razão. Eu gostaria de saber. Eu nunca ouvi a palavra "ditadura" na escola. Em casa, quando meu tio começa a falar do assunto, meus pais pedem que ele pare.

Não vou mais falar, mas bem que eu gostaria de saber a verdade. Por que esse negócio de ditadura é tão perigoso?

15
Encontrando as estrelas

– Mas eles não são uma gracinha?

Foi isso que aquela mulher que minha mãe adorava falou quando entramos no palco. Confesso que fiquei um pouco confuso. Minha mãe me deu um monte de recomendações, que eu deveria tomar cuidado e, principalmente, não falar nenhuma besteira.

Bem, acho que deu mais ou menos certo.

Nós chegamos bem cedo nos estúdios da TV Bandeirantes. Fomos todos juntos em um carro da prefeitura. Foi divertido, pois deu para conversar e conhecer melhor os outros candidatos, o Raul e o Felipe. Fiz amizade com o Raul logo de cara. Ele tinha a mesma idade que eu e torcia para o mesmo time. Era um pouco mais baixo, loiro de olhos verdes. O Felipe era um ano mais novo e um pouco tímido, não falava muito, mas também era um cara legal. O cabelo dele era bem liso e ele ficava passando a mão toda hora para tentar deixá-lo virado para um lado da cabeça, mas sempre escorria.

Nossas mães nos acompanharam e também se tornaram amigas. Elas se conheciam bem melhor, pois já tinham se encontrado algumas vezes antes. Sempre havia alguma reunião na prefeitura, com as pessoas que estavam organizando a eleição, e elas precisavam dizer se concordavam ou não com as regras. Nós, os candidatos, não sabíamos de nada do que acontecia, mas eu percebia, pelas conversas delas, que algumas decisões não eram fáceis de tomar. Por exemplo, só depois de muita discussão foi que elas concordaram que a ordem na ficha de votação seria alfabética. Parece uma solução óbvia, mas, até para isso, existia discussão.

Quando chegamos à TV, uma moça veio nos receber e nos levou para uma sala. Foi a primeira vez que me passaram maquiagem, fiquei com um pouco de vergonha, mas deixei passarem um pouco de pó no meu rosto. Avisaram que era para não brilhar muito. Então, do nada, de repente, sem nenhum aviso, a apresentadora entrou no camarim para nos conhecer.

Ela tinha realmente um sorriso iluminado. Bastante loira, com o cabelo preso no alto da cabeça. Parecia que tinha sido feito de propósito para exibir os brincos que ela usava. Eram tão grandes e brilhantes que poderiam iluminar um bairro inteiro. Além disso, ela exibia joias, pulseiras e um colar bem grande.

Era a Hebe Camargo!

Minha mãe estava sem palavras, nunca a vi daquele jeito, parecia até uma criança. Pediu autógrafo e agradeceu quando ela disse que eu era lindo. A reação das outras mães foi idêntica. Mas a apresentadora logo saiu e disse que nos veríamos no palco.

Eu estava usando minha melhor roupa, até uma gravatinha-borboleta minha mãe comprou para me deixar, como ela disse, ainda mais bonito. Ficamos brincando um pouco, conversando. Só não saímos andando pelos estúdios para ver o resto porque não nos deixaram, mas eu estava muito curioso para saber como uma TV funcionava por dentro.

Havia muitos corredores, salinhas, gente correndo para lá e para cá. De vez em quando passava alguém por nós e nossas mães não paravam de olhar: deveria ser algum cantor de que elas gostavam. Teve um ator que, ao nos ver – até eu o reconheci de uma novela –, deu alguns bilhetes para irmos ver a peça de teatro na qual ele atuava.

Então, de repente, um rapaz com uma prancheta entrou em nosso camarim e pediu:

– Vamos lá!

Ele nos levou por aqueles corredores, que começaram a me parecer labirintos e nos deixou atrás de uma parede de madeira. Demorei a perceber, mas aquilo era o "verso" do cenário, tudo falso. Dava para ver um pedacinho do palco, que nem era tão grande, e um painel com o nome da apresentadora. Então, ela começou a falar e eu percebi que era sobre nós:

– Eu vou chamar agora uns meninos, que nem sei como explicar, são muito fofos, bonitinhos, umas gracinhas. E, vejam só, candidatos a prefeito! Vamos receber o Felipe, o Murilo e o Raul.

Eu só vi o rapaz acenando e nos mandando para aquele palco, iluminado por uma luz bastante intensa. Hebe nos abraçou e ficou pertinho da gente. Ainda bem que eu não estava sozinho no palco, meus novos amigos pareciam estar tão assustados quanto eu. Quando ela perguntava alguma coisa e surgia alguma dúvida, um ajudava o outro, respondendo uma parte da questão.

Eu procurava seguir à risca o conselho de minha mãe, pensava muito bem no que ia dizer antes de abrir a boca, quer dizer, pelo menos tentava. Tudo parecia estar acontecendo muito rapidamente, nem nos sentamos no tal do famoso sofá. Os artistas que passaram por nós já ocupavam todos os assentos.

Ficamos de pé o tempo todo. Ela perguntou o que faríamos se fôssemos prefeitos e cada um de nós repetiu basicamente o que dissemos em nossa apresentação.

Foi então que o desastre aconteceu. Ela fez uma última pergunta e ficou olhando para a nossa cara.

– Tem alguma coisa a mais que vocês queiram dizer, nossos pequenos candidatos? – ela fez um comentário engraçado e apontou o microfone para mim. – Conta, Murilo, sua mãe te deu algum conselho, alguma dica de como se comportar durante a eleição?

Por uma alguma razão, eu olhei para o local por onde havíamos entrado e vi minha mãe acenando. Quando a vi, falei a primeira coisa que me veio à cabeça.

– Minha mãe me pediu para não falar nenhuma besteira.

Toda a plateia gargalhou. Aproveitei para olhar para minha mãe e ela tinha escondido o rosto entre as mãos.

Acho que ela não tinha gostado nem um pouquinho do que eu tinha dito, mas eu só falei a verdade.

Aí, a Hebe disse "tchau!" e vimos o rapaz da prancheta nos chamando para que saíssemos do palco.

As outras mães abraçaram seus filhos; minha mãe também me abraçou e não pronunciou uma só palavra.

Eu queria saber o que tinha acontecido; será que tinha aparecido na TV de verdade, lá em casa? Será que minha família, que ficou em casa assistindo, teria dado risada ou estaria brava comigo?

E a Leila, será que ela iria falar comigo sobre o programa? Parecia que ela estava prestando mais atenção em mim na escola.

Acho que eu tinha me divertido, sei lá. Eu queria muito ter visto o que aconteceu. Bem que alguém poderia inventar um aparelho que gravasse esses programas de TV, tipo aquelas fitas cassete em que a gente grava música.

Seria legal gravar e ver quantas vezes quiséssemos, não é? Assim, eu ia saber por que minha mãe estava me olhando com aquela cara que significava mais ou menos o seguinte:

"De novo, você fez bobagem".

16
Que sufoco!

Foi um sucesso a nossa participação no programa da Hebe. Na escola não se falava de outra coisa. A Leila estava animadíssima, pois, para variar, a mãe dela também era fã da apresentadora e queria saber tudo, até se o perfume dela era bom.

Depois desse programa, também fizemos outros, principalmente alguns jornalísticos. O mais engraçado foi o Almoço com as Estrelas. Fica um monte de gente sentada, comendo, enquanto os apresentadores, Ayrton e Lolita Rodrigues, entrevistam os convidados. Eu não comi muito, mas foi bem divertido.

O chato é que eu nunca me vi na TV, só escutei as pessoas falarem. Quando meu tio apareceu naquele filme, foi legal vê--lo, mas, sei lá, o filme já existia. Agora, como fazer? Esses programas nunca repetiam, era impossível me ver. A mãe do Felipe falou que ia tentar conseguir uma cópia da fita lá na TV, mas não sei se seria possível.

Bem, hoje estava realmente acontecendo alguma coisa muito importante, pois estávamos todos na sala assistindo ao Jornal Nacional, em silêncio. Era meio que sagrado. Todo dia isso acontecia. Depois do jantar, íamos para a frente da TV a fim de conversar e escutar as notícias. Meu tio sempre dava um jeito de reclamar que eles só "passavam o que interessava", o que eu não entendia muito bem, para variar, e ele completava: "Eles nunca contam o que está acontecendo nos porões. Vladimir Herzog, coitado, alguém realmente acredita que ele se matou? Duvido.".

Mas, naquela noite, meu pai, minha mãe e meu tio não discutiram. Eles olhavam a TV sem dizer uma única palavra. Exibiram um aeroporto, o de Congonhas, em São Paulo. Eu já tinha ido lá uma vez com meu pai num fim de semana. A gente ficava numa amurada vendo os aviões subindo e descendo. Eu adorei. Tomara que eu possa voar algum dia.

O saguão do aeroporto estava lotado, achei estranho, afinal, o aeroporto raramente aparecia na TV. De repente, algumas pessoas começaram a chegar. Houve um corre-corre, muita gente chorando, se abraçando.

– O que está acontecendo? – perguntei. – Por que tem tanta gente chorando no aeroporto?

– Anistia! – respondeu minha mãe.

Aquela palavra realmente se destacava em muitas faixas dispostas no saguão. Então, surgiu um homem e meu tio falou:

– Olha o Henfil! Veio esperar o irmão dele.

Eu olhei, mas não sabia quem era, entretanto, ele foi entrevistado e comentou algo que chamou minha atenção: que faltava a anistia do voto.

Como eu sabia que, em breve, iria precisar de muitos votos para me tornar, quem sabe, o prefeito mirim da Cidade da Criança, fiquei pensando se o meu voto teria a tal da anistia.

Eu tinha um monte de perguntas para fazer, mas o silêncio na sala era tão grande, que eu aposto que meu pai me mandaria calar a boca se eu falasse qualquer coisa.

Tocava também uma música cantada por uma cantora chamada Elis Regina que meu pai falou que se chamava *O bêbado e a equilibrista*. Eu gostava muito da Elis desde que a ouvi cantando *Upa, Neguinho*, que tem um refrão bem fácil de decorar.

De repente, do nada, meu tio disse uma frase:

– Eu não acredito, é verdade. Eles estão voltando!

Minha mãe olhou para ele com os olhos cheios de lágrimas.

– Será que isso vai acabar? Vamos viver pra ver isso? – perguntou ela.

Meu pai não disse nada, mas vi que ele abaixou a cabeça quando minha mãe e meu tio se abraçaram e começaram a chorar.

17
Tristes marcas

Meus horários na escola haviam mudado; agora, eu estava estudando mais do que todo mundo. Quando as aulas acabavam, eu precisava permanecer na sala para melhorar o jeito de falar, postura. Eu lia vários textos que a professora Helena trazia.

Quando acabava esse treinamento, todo mundo da minha turma já tinha ido embora. Como não havia ninguém para me pegar naquele horário, afinal, minha mãe continuava dando aula, eu acabava voltando sozinho de ônibus para casa. Eu não esperava muito no ponto, pois a professora terminava o nosso encontro um pouco antes de ele passar.

Eu gostava de voltar sozinho, nem precisava pagar passagem. Eu passava por debaixo da roleta e só ficava esperando pelo meu ponto. Não era muito longe, no fim das contas.

Tudo ocorria sempre do mesmo jeito. Ao chegar, eu comia alguma coisa e ligava a televisão. Se o telefone tocasse, eu atendia sem precisar disputar a oportunidade com a minha irmã.

Entretanto, um dia, notei que meu tio estava na edícula dele. Isso raramente ocorria. À tarde, ele sempre estava procurando por algum bico, ocupação ou até mesmo um trabalho fixo.

Era um dia muito quente e eu pretendia ficar um pouco no quintal. Resolvi ir dar um "oi" para o meu tio e, ao perceber que a edícula estava com a porta aberta, eu entrei. Ele não percebeu minha presença e observei que ele estava sem camisa. Para chamar a atenção dele eu disse:

– Oi, tio!

Ele se virou assustado e, ao me ver, rapidamente procurou pela sua camisa e a vestiu, não sem que antes eu percebesse, outra vez, muitas marcas em sua pele, principalmente na barriga. Meu tio é muito magro e tem a pele bem esticada, então, era fácil notar as diversas marcas na barriga e no peito. Eu já tinha visto marcas de catapora, mas aquelas eram diferentes, pareciam queimaduras.

– Você veio mais cedo hoje? – atrapalhou-se ele terminando de abotoar a camisa.

– Não, tio. O senhor que está em casa em horário diferente.

– Ah, é. É verdade – respondeu ele. – É que...

Percebi que ele estava triste, os olhos estavam vermelhos.

– Aconteceu alguma coisa, tio?

– Acabei de ficar sabendo que uma amiga minha morreu...

Eu nunca tinha conhecido alguém que tivesse morrido, quer dizer, sei lá, se essa é a maneira correta de dizer. Se a pessoa morreu, não tem mais como conhecê-la. Só dá para fazer isso se ela estiver viva. No máximo, acho, a gente consegue saber alguma coisa sobre alguém que morreu. Enfim...

– E você gostava muito dela?

– Bastante – respondeu ele. – Acho que ela nem sabia disso, mas... Vou sentir muita falta dela.

– E o que aconteceu? Por que ela morreu?

– É complicado – respondeu ele.

Aí eu me aborreci. Todo mundo me tratava como se eu tivesse 5 anos e não pudesse saber de nada do que acontecia. Eu já não era tão criança, tinha 10 anos e vivia num mundo cercado de segredos, ninguém me contava coisa alguma: tudo era complicado, difícil, eu não tinha idade para saber... Estava realmente cansado de escutar histórias pela metade.

– Tudo para vocês é complicado. Não é possível que é tão difícil ser adulto. Se for assim, não vou querer crescer nunca. Vocês escondem tudo de mim.

Meu tio me olhou e disse:

– Você tem razão. Quando eu tinha sua idade eu já sabia bastante sobre a vida. Mas hoje em dia... Seus pais querem te proteger. Meu querido sobrinho, vivemos em tempos muito difíceis, um dia você vai entender tudo.

– Mas esse dia não podia ser hoje? – ele me pareceu sem ação e, aí, eu aproveitei para perguntar. – Que marcas são essas na sua barriga, tio?

Ele levou as mãos até elas, assustado, preocupado, como se tivesse esquecido de fechar algum botão e elas ainda estivessem à mostra, mas não, estava tudo fechado.

– Olha, eu vou te contar algumas coisas, mas, veja, não conte para ninguém, tá bom? Pode ser muito perigoso.

Foi então, que, de repente, meu tio começou a me relatar uma história bem antiga, voltando bastante no tempo e, acredite, tinha a ver com a Cidade da Criança.

18
Redenção

Meu tio me contou que, quando ele atuava nos filmes da Vera Cruz, acabou fazendo amizade com muitos atores, alguns trabalhavam em teatro, como Cacilda Becker, Nydia Licia, Sérgio Cardoso, outros, basicamente no cinema, como Dercy Gonçalves, Oscarito, Grande Otelo, Eliane Lage e Mazzaropi. Isso aconteceu pelo fim dos anos 1950 e início dos anos 1960.

A televisão ainda era uma coisa muito nova no Brasil, havia sido inaugurada em 1950. A Hebe Camargo, inclusive, foi uma das pessoas que foi ao porto receber as câmeras, aquela importante novidade. A TV Tupi, que eu vejo de vez em quando, foi a primeira emissora brasileira.

No tempo do meu tio, havia a TV Excelsior, de que eu nunca tinha ouvido falar. Ele disse que era uma TV muito bacana e os estúdios dela ficavam no mesmo local de um dos mais bonitos teatros de São Paulo, o Teatro Cultura Artística, no Centro.

– Como muita gente sabia que eu estava morando em São Bernardo – explicou meu tio –, as pessoas começaram a me perguntar se eu sabia alguma coisa da novela.

– Novela, que novela? – perguntei.

– A novela *Redenção*! – disse ele.

– Nunca ouvi falar – comentei. Só sabia de *Dancing Days*, que tinha uma trilha muito bacana, a da discoteca, que a gente dançava na escola ou em alguma festinha. Muitas pessoas tinham o LP com a trilha sonora dessa novela.

– E nem poderia, você ainda não havia nascido – respondeu ele. – E saiba que há algo muito curioso sobre ela.

– O quê? – perguntei.

– Trata-se da novela mais longa já produzida no Brasil, ficou quase dois anos no ar, de 1966 até 1968.

Levei um susto. As novelas não duravam tanto tempo assim. Acho que ficavam no ar por uns seis meses, mais ou menos. Eu não conseguia imaginar uma novela que durasse tanto tempo.

– Eu não sabia mesmo.

– E olha que ela foi filmada aqui, em São Bernardo.

Será que era essa notícia mixuruca que todo mundo queria esconder de mim? Meu tio prosseguiu e informou que a tal da TV Excelsior veio para São Bernardo para gravar a novela de maneira que pudessem aproveitar a estrutura e o conhecimento dos profissionais da Cia. Cinematográfica Vera Cruz. A novela, que foi escrita por um autor chamado Raimundo Lopes, teria várias cenas externas e aquilo ainda não era comum. A logística toda era muito complicada, pois as câmeras eram bastante pesadas, não havia grandes transformadores e era difícil encontrar um lugar que permitisse as filmagens com tranquilidade em um ambiente externo.

Atrás da Vera Cruz havia um bosque e resolveram construir ali a vila da novela. Quando ele começou a descrever o cenário, eu fui percebendo que eu já o conhecia.

– Não é a vilinha da Cidade da Criança? – perguntei.

– Exatamente, querido. Quando a novela estava sendo produzida, toda em preto e branco, que era a tecnologia da época, trouxeram até uma locomotiva apenas para chegar e sair da estação. A novela foi um sucesso, todo mundo torcia pelos protagonistas, Francisco Cuoco e Miriam Mehler. Os diretores se chamavam Waldemar de Moraes e Reynaldo Boury.

– Nossa – falei. – Esses atores são bem famosos! Eles vinham aqui? Filmar em São Bernardo?

– Sim – respondeu meu tio. – Por quase dois anos. Quando a novela acabou, a prefeitura da cidade não sabia o que fazer com aquele cenário. Acharam uma pena simplesmente derrubá-lo e decidiram iniciar ali a construção de um parque. Foi assim que nasceu a Cidade da Criança, o primeiro parque temático do Brasil, inaugurada em 1968. Eu ainda estava aqui e até fui na inauguração.

– Como assim? Ainda estava aqui?

– É que... Bem... Eu sempre me dividi entre o Rio e São Bernardo. Como eu conhecia muita gente dos meus tempos de cinema – eu quis dizer que os tempos de cinema dele eram muito fraquinhos, mas fiquei quieto e ele prosseguiu –, acabei sendo figurante na novela. Eu fazia parte do povo. Como as gravações demoravam muito para acontecer, o pessoal que fazia figuração aproveitava para ficar conversando, trocando ideias. Foi assim que eu conheci a Cristina.

– Cristina? Quem era Cristina?

– Minha amiga que morreu – respondeu ele.

– Ah, ela também era atriz?

– Queria ser... Mas o destino entrou no caminho dela e... tanta coisa aconteceu que... Não sei mesmo se deveria te contar...

– Ah, começou, termina, como diz minha mãe.

– Sim, sua mãe pode ser bem teimosa – riu meu tio. – Tá bom, eu vou te contar, assim, você me ajuda a celebrar a vida dela, uma pessoa tão cheia de esperanças, de expectativa e inocente, totalmente inocente, mas que foi vítima de gente má, muito violenta.

E meu tio começou a contar a história. Eu pressenti que, ao vê-lo passar a mão pela barriga, eu iria saber a razão daquelas cicatrizes.

19
A capital

Os olhos de meu tio estavam estranhos, inquietos. Parecia que ele me olhava, mas, ao mesmo tempo, eles não paravam de observar atentamente todos os lados, como se ele estivesse esperando que alguém chegasse. Eu até arriscaria a dizer que havia um pouco de medo neles.

– Quando a novela *Redenção* acabou – disse ele –, alguns amigos me falaram que iam para o Rio de Janeiro tentar a carreira de ator por lá. Afirmavam que existia mais oportunidade. Como eu tinha gostado daquela atividade, resolvi ir com eles. Fomos os cinco amigos, todos espremidos dentro de um Fusca verde. Acho que nunca ri tanto na vida.

– Tenho muita vontade de conhecer o Rio – falei.

– É uma cidade linda, não é à toa que a chamam de "maravilhosa". Eu até teria ficado por lá, para sempre, mas... Não havia trabalho para todo mundo, era difícil. A gente morava em um pequeno apartamento, não dava nem para respirar direito e o calor era desesperador. Mas, durante aquele tempo, eu não percebia tudo isso, para ser bem sincero. Éramos jovens, só queríamos nos divertir, começar uma carreira, ir à praia.

– Deve ter sido bom mesmo! Adoro praia.

– A Cristina não gostava, sabia?

– É? – estranhei.

– Sim, ela adorava ler. Lia muito e fazia amigos rapidamente. Ela era quase uma *hippie* naqueles dias. Se pudesse, teria ido ao *show* de *rock* Woodstock, mas não tinha dinheiro, era impossível. O que ela fazia era escutar música, o tempo todo. Adorava Jimmy Hendrix, Janis Joplin, The Who... Ela tinha uma vitrola pequena e escutava música o tempo todo. Foi por meio dela que descobri que muitas dessas bandas existiam.

– Eu não conheço essas aí não.

– Tenho alguns discos aqui, quer ver?

Meu tio parou a conversa e me mostrou os discos. As capas estavam meio desgastadas, mas eram muito legais. Tinha um dos Beatles e outro dos Rolling Stones, que eu gostava bastante. Ele colocou um deles para tocar.

– Tio, você falou que ela lia bastante, ela lia o quê?

– Lia muito querido, muito mesmo. Ela sempre tinha um livro na bolsa. Difícil me lembrar dela sem que tivesse um exemplar na mão, por isso, não estranhei quando...

Novamente ele parou de falar. Eu perguntei:

– O que foi, tio?

– Hoje, eu entendo melhor, mas houve um momento naquela época em que ela começou a esconder os livros que lia.

– Esconder? – estranhei.

– Sim. De cara, eu achei esquisito, pois ela adorava mostrar os títulos que lia, contar as histórias, recomendar. Eu comecei a gostar de ler por causa dela.

– Vocês foram namorados, tio?

– Não – riu ele. – Mesmo que a gente quisesse, não teria dado tempo. Tudo foi muito rápido. Mas... Ah, Cristina, se eu pudesse voltar no tempo... Talvez eu pudesse ter ajudado, ter impedido que... – ele parou de falar novamente, olhou para um disco e disse: – Agora que eu percebi, guardei alguns discos que ela me deu, mas não fiquei com nenhum livro. Deve ter sido culpa do trauma.

– Trauma?

– Sim. Olha, como eu estava dizendo... A Cristina tinha ficado esquisita, escondia livros. Até começou a falar menos com a gente, saía de casa em horários inusitados. Até pensei que ela estivesse namorando alguém, escondido, mas... Antes fosse.

Daí em diante, meu tio foi falando lentamente. As palavras saíam com dificuldade e, em alguns momentos, os olhos enchiam de lágrimas. A história era realmente triste e eu não conseguia acreditar que aquilo tudo fosse verdade. Ele me falou que, em 1968, o Brasil viveu o auge da ditadura. O governo baixou um decreto, chamado de Ato Institucional número 5, que ficou conhecido mesmo como AI-5, que retirou todos os direitos das pessoas e estabeleceu uma censura muito severa. As pessoas podiam ser presas simplesmente por expressar o seu pensamento, participar de encontros políticos, até mesmo dentro das universidades. Tudo era proibido, ninguém podia falar nada. Os jornais publicavam receitas de bolo no lugar das notícias. Compositores como Chico Buarque tinham quase todas as suas músicas censuradas. Assim como muitos outros, Caetano Veloso e Gilberto Gil foram expulsos do Brasil e tiveram que viver no exílio, pois não existia segurança no país. Eles poderiam ser sequestrados e mortos pelos agentes da ditadura a qualquer momento.

Gonzaguinha, um importante cantor e compositor, foi intensamente perseguido. Escritores também. Até mesmo possuir determinados livros era perigoso. Dependendo do conteúdo, eles poderiam levar a pessoa para a cadeia.

Foi isso que aconteceu com meu tio, de maneira totalmente inesperada.

Numa certa tarde, ele estava passeando pelo centro do Rio e, de repente, viu Cristina do outro lado da rua. Ela estava em uma esquina, parecia assustada, abaixando a cabeça e, de vez em quando, olhando rapidamente para os lados. Meu tio ficou curioso, pois ele achava que ela estaria estudando naquele horário. Ele atravessou a rua e chegou por detrás dela.

– Oi, Cristina, o que você está fazendo aqui a esta hora?

Ela não o tinha visto e deu um salto quando ele a tocou nos ombros. Meu tio achou aquilo ainda mais estranho e viu que um livro caiu de suas mãos: *A capital*. Mas não deu tempo de fazer mais nada. De repente, ele também foi surpreendido. Ambos foram cercados por três homens armados, que mandaram que eles se rendessem, se jogassem no chão e que, ao menor movimento, levariam um tiro.

Meu tio tentou entender o que estava acontecendo, mas não pôde falar nada. Outros dois homens o imobilizaram violentamente e o jogaram dentro de uma viatura policial que surgiu inesperadamente. Os dois foram presos.

– Por que fizeram isso, tio? – perguntei.

– Foi coisa de valentão de escola, entende, querido? Me confundiram com outra pessoa e me levaram preso. Eles bateram em mim, foi bem difícil. Usaram um negócio pontudo que me deixou essas marcas na barriga. Por isso eu as escondo, elas me lembram de dias muito difíceis. Minha sorte foi que seu pai e sua mãe conheciam um soldado que acabou descobrindo meu paradeiro e ajudou a me soltar. Aí, sua mãe achou que era melhor que eu viesse morar com eles em São Bernardo. Ficou com medo de que, se me prendessem novamente, eu não tivesse tanta sorte.

– E sua amiga, tio? A Cristina?

– Eles acharam que ela estava com um livro proibido, *O capital*, de Karl Marx, mas não era. Infelizmente, ela ficou presa alguns meses, eu não pude fazer nada para ajudá-la. Naquela época, meu querido, tudo era ainda mais perigoso. Podiam te prender simplesmente por falar alguma coisa de que não gostassem. Hoje, melhorou um pouco, mas ainda precisamos tomar muito cuidado.

Agora eu entendia melhor porque meu pai não queria que meu tio falasse de política dentro de casa. Não devem ter sido dias muito fáceis. Meus pais tinham acabado de se casar, acho que eles só queriam ter uma vida tranquila. Minha mãe sempre foi muito apegada ao meu tio, ele era o caçula e ela achava que precisava tomar conta dele. Isso só mudou um pouco quando eu nasci, acho que ela me considera mais importante, ainda bem...

– Não conte a seus pais que eu te revelei tudo isso, tá bom? – pediu meu tio. – Seu pai pode querer brigar novamente e eu não estou mais a fim disso. As coisas estão melhorando, devagar, mas estão. Lembra daquele avião que chegou outro dia?

– Sim – comentei. – Você e a mamãe ficaram bem emocionados.

– É que algumas pessoas que foram presas como eu, foram expulsas do país. Não podiam voltar de jeito nenhum. A chegada daquele avião foi muito importante porque depois de quase dez anos, pessoas que querem o bem do nosso povo puderam retornar, como o Betinho, um sociólogo, uma das melhores cabeças deste país. Eu sonho com o dia em que poderemos escutar e ler o que quisermos. Eu quero estar vivo para ver esse dia.

– Espero que seja assim mesmo. Não entendo muito bem isso de não poder falar o que se quer – comentei.

Meu tio, de repente, respirou fundo, secou os olhos e disse:

– Um dia você vai entender tudo isso ainda melhor. Hoje eu estou bem triste porque perdi minha amiga, mas ela não ia querer que eu ficasse assim. Vamos deixar essa história de lado por um segundo, temos outro assunto muito importante para tratar.

– Qual? – perguntei.

– Eleger você o novo prefeitinho da Cidade da Criança.

20
Tempos difíceis

Não era somente eu que estava tendo momentos bem diferentes dos normais naqueles dias. Eu continuava sendo preparado pela professora depois das aulas, lendo textos, ensaiando discursos. Minha família também participava de reuniões na prefeitura em que se decidiam as regras das eleições.

– Acho bom que eles queiram estimular o exercício da cidadania pelos jovens com esta eleição – disse meu pai.

– Que cidadania? – reclamou meu tio. – Vamos ensinar que eles não poderão votar quando crescerem, como nós?

Minha mãe deu uma encarada no meu tio e a conversa parou por ali. Bem, ao contrário do que pudesse parecer, o tio Giovanni era um dos mais empolgados com o assunto. Ele realmente acreditava que aquela seria uma excelente oportunidade de mostrar a todos na cidade, ou quem sabe no país, que, se as crianças podiam votar, por que os adultos não?

As regras diziam que toda criança, entre 4 e 12 anos, alunos das escolas da cidade, poderiam votar nos candidatos caso estivessem visitando a Cidade da Criança. A prefeitura iria fornecer o material de divulgação e um ônibus para que cada candidato pudesse levar seus eleitores. Outra coisa interessante é que eles haviam decidido pedir ao Cartório Eleitoral urnas de votação verdadeiras a fim de que as crianças pudessem compreender, de fato, como acontecia uma eleição.

Tudo parecia muito simples. Para não haver confusão, cada cédula apresentava uma foto dos três candidatos, seguida por um quadradinho no qual o eleitor colocaria um "X", indicando a quem ele conferia o seu voto. Se marcasse mais de um na cédula, o voto seria anulado. O voto seria secreto, ninguém ficaria olhando em quem a criança votou e também não poderia haver alguém por perto orientando os eleitores.

A eleição ocorreria em quatro dias, durante a semana da criança. O bacana era que em São Bernardo o feriado não acontecia somente no dia 12 de outubro. Nós não tínhamos aula durante a semana inteira para que todos pudessem participar da votação.

O que é que eu, afinal, podia fazer para conseguir eleitores? Quase nada, apenas contava com o apoio de todos os meus amigos da escola, que queriam muito que eu fosse o prefeitinho.

O Waldo já tinha garantido que votaria em mim. A Leila também. Eu estava conversando muito pouco com eles, infelizmente, mas fiquei feliz em saber que a Leila estava apostando em mim.

Para ser bem sincero, tirando as aulas extras que eu tinha, para mim, aquilo tudo estava sendo uma grande diversão. Eu gostava dos encontros com os outros candidatos, saber o que eles pensavam. Um deles eu até achei que seria um bom prefeitinho, pois ele dizia que queria se preocupar com a segurança do parque e instalar ainda mais brinquedos.

Acabei fazendo uma "pré-campanha". Como minha mãe era professora, ela conhecia várias outras e, assim, foi possível visitar diversas escolas e falar com centenas de crianças.

A gente entrava de sala em sala, Dona Helena me apresentava e eu repetia o discurso que já tinha feito na Cidade da Criança, sem a parte da ditadura, claro. Normalmente eu saía aplaudido e todo mundo afirmava que votaria em mim.

O que foi realmente inesperado foi a proporção que as atitudes do meu tio alcançaram. Ele avisou alguns amigos dele do que estava ocorrendo, contando detalhes de todo o "processo eleitoral", conforme ele chamava, e, de repente, ainda mais jornais, revistas e TVs estavam atrás da gente, de todos os candidatos. Até em uma emissora de rádio eu fui. Nossa, como é diferente da TV!

Na TV tem um monte de funcionários, plateia, pessoas bem arrumadas, maquiadas, um monte de luz, câmeras girando de lá para cá. No rádio, não. Quando eu entrei na estação, pensei que fosse encontrar algo parecido, mas era apenas uma sala grande dividida por uma parede. Em um lado, ficava o técnico com um fone de ouvido e uma mesa repleta de botões. Havia um vidro bem grosso no meio da parede por onde era possível ver o locutor. Parecia um aquário.

Quando iniciaram os comerciais, nós entramos na sala do locutor e eu achei estranho o silêncio. Tudo parecia abafado, pois a parede era forrada com um material bem fofo e cinza que isolava os ruídos externos.

Para tornar pior a sensação daquela ausência de som, ainda colocaram fones de ouvido em nós três e pareceu que eu tinha sido isolado do mundo; quase não percebia se meus amigos falavam. Somente quando o programa entrou no ar foi que tudo mudou. Passei a escutar a todos claramente. A voz do locutor entrava nos meus ouvidos e se misturava com as dos outros candidatos. Como não dava para saber quem era o nosso público, eu tinha vontade de falar mais alto para ter certeza de que todo mundo estava me escutando. O locutor até me pediu para baixar o volume da voz.

Eu gostei de ir ao rádio, foi bem divertido e ainda houve duas vantagens. A primeira é que é possível falar por um tempo maior, não foi rapidinho como no programa da Hebe, a segunda é que

meu pai tem um gravador bem moderno, desses que a gente coloca uma fita cassete e consegue gravar o programa. Assim, meu pai fez o registro e eu pude me escutar depois. Coisa mais estranha é ouvir nossa voz gravada!

Um dia, meu tio disse que estávamos vencendo a Lei Falcão e eu, claro, perguntei:

— O que é isso, tio?

— É uma lei que promulgaram para atrapalhar ainda mais a nossa vida. Os candidatos dos adultos, ao contrário de vocês, não podem falar uma única palavra na televisão. Quanto tem campanha política, só aparece a foto do candidato, parada, e um locutor narra o currículo dele. Fala o nome, um pouco do histórico de vida e o cargo ao qual concorre. Uma chatice sem fim, ninguém aguenta ver aquilo. O pior é que o povo permanece sem saber o que eles realmente pretendem, qual é a plataforma política, se têm boas ou más ideias. Como é que alguém vai votar em um candidato sem saber o que ele pensa?

— É verdade — comentei. — Não sabia que a eleição dos adultos era tão diferente. Eu tenho dito tudo o que eu quero, acho que falo muito, até demais.

— Sim, isso é o correto — concordou meu tio. — Mas essa é uma maneira que os militares encontraram de controlar as eleições. Se não sabemos em quem votamos, eles acabam colocando quem eles querem. É tudo fachada. Continuamos completamente perdidos. Tempos difíceis estes que vivemos.

E tudo corria assim. Os dias pareciam mais curtos, eu sentia falta de brincar com os amigos do bairro, jogar fubeca, futebol, soltar pipa. Mas tudo estava perto do fim, a eleição se aproximava rapidamente. Até uma roupa nova minha mãe havia mandado fazer para que eu estivesse bem bonito no dia da eleição.

Nenhuma novidade parecia possível. No entanto, em um fim de tarde, meu pai, que quase nunca se exaltava, abriu a porta de casa e disse:

— Vocês não vão acreditar no que aconteceu!

A volta

Bem, foi neste ponto que comecei a contar esta história.

Parecia que eu ia ser o novo prefeitinho da Cidade da Criança, mas, de repente, começou uma gritaria e me levaram para fora da sala.

Mas, para prosseguir, eu ainda preciso voltar só mais um pouquinho no tempo e, então, a história seguirá até o fim sem interrupções.

21
Poder econômico?

No ano anterior, aconteceram muitos problemas na eleição de prefeitinho e, para que não se repetissem, reuniram as famílias para, de comum acordo, estabelecer novos procedimentos. Todo mundo combinou de seguir as mesmas regras: usariam o transporte que a prefeitura fornecesse e não presenteariam as crianças dentro da escola, por exemplo. Trataram de conversar bastante para que todos tivessem as mesmas chances, mas meu pai estava certo de que alguém já tinha burlado todos os acertos.

– O pai do menino Raul vendeu uma moto e alugou mais dois ônibus! – lamentou meu pai, revoltado.

– Mas todo mundo não tinha combinado que só ia usar o da prefeitura? – perguntou minha mãe, também indignada quando meu pai deu aquela notícia para a família.

– Abuso do poder econômico – reclamou meu tio.

– Vamos avisar a prefeitura, dizer que está incorreto... – comentou minha mãe.

– Já fiz isso e eles me disseram que não podiam fazer nada. Foi combinado que eles iriam ceder um ônibus, mas não tem nada escrito dizendo que outros não poderiam ser alugados.

– Abuso do poder econômico – repetiu o tio Giovanni. – Difícil lutar contra isso. E as pessoas nem percebem... Vão acabar achando que o outro candidato se esforçou mais e levou mais eleitores para a votação, quando ele apenas teve mais dinheiro para transportar mais pessoas.

– Se tivéssemos uma moto, eu vendia também – falou meu pai. – Isso não está certo.

– O jeito é aguardar e ver o que acontece. Amanhã vai ser o primeiro dia da eleição. Vamos observar como vai ser.

E assim foi.

Dormimos inquietos naquela noite. Até minha irmã, que não sabia muito bem o que estava acontecendo, se sentiu incomodada com a situação. Eu, para ser bem sincero, já estava bem cansado de tudo aquilo. Eu não sabia que ia dar tanto trabalho. Eu estava brincando, me divertindo, mas meus pais ficaram realmente bravos com aquela história.

Acordamos cedo, vesti meu terninho e fomos para a Cidade da Criança. Eu e meu pai fomos em nosso carro e minha mãe seguiu para a escola com a professora Helena, a fim de levar os alunos para a votação.

Quando chegamos, já havia o maior movimento. Os outros dois candidatos também estavam usando umas roupas bem diferentes, como eu. Logo que os vi, minha energia voltou; fiquei feliz por encontrá-los. A gente acabou se conhecendo melhor depois de ficarmos tanto tempo juntos andando para lá e para cá, dando entrevistas e tirando fotos.

Encontramos o prefeitinho anterior, que usava aquela roupa especial: cartola, gravata-borboleta e fraque. Ele era mais alto do que eu. Nessa hora, pensei: "Se eu ganhar, não vou caber naquela roupa de jeito nenhum".

Nossos pais se cumprimentaram, mas o meu foi bem seco com o do Raul. A Cidade da Criança estava toda enfeitada. Havia algumas faixas e um grande cartaz com nossas fotos; uma reprodução exata da cédula. Era uma maneira de ensinar às crianças como votar.

Então, eu vi que o Raul estava com um bolo de papel na mão e pedi para ver o que era.

– Meu pai mandou fazer! Propaganda eleitoral.

Achei muito legal, mas imaginei que meu pai fosse ficar furioso. Havia naquele papel uma reprodução da mesma foto do Raul, a do cartaz, com a indicação: VOTE EM RAUL. Daquele jeito, ficava muito mais fácil ser lembrado pelo eleitor na hora da votação.

De repente, senti uma mão tocar no meu ombro e me virei!

– Tio!

Ele sorriu e disse:

– Vamos começar a ganhar votos! Não temos dinheiro, mas a criatividade está sobrando. Não falei que ia ser seu principal cabo eleitoral? Vou tratar de conseguir o maior número de eleitores de toda essa eleição. Você vai ser o cara simpático e eu, o que fica pedindo votos! Tudo legal, tudo certinho, pode ficar tranquilo. Eu não sou de comprar ninguém, nem que eu pudesse. Vamos ganhar com a força do voto. Já que nos deixaram falar nesta eleição, faço questão que todo mundo nos ouça bem alto. Prepare-se que agora você vai voar!

Dizendo isso, ele me ergueu e eu me sentei sobre seus ombros. Ele me segurou pelas pernas e começamos a andar pelo parque daquele jeito. Eu acenava e ele gritava:

– Votem no Murilo. Ele vai ser o melhor prefeitinho.

As crianças já estavam chegando. Fomos até o portão, meu tio me colocou no chão e eu vi quando o ônibus que vinha da minha escola estacionou.

Alguns "eleitores" acenavam para mim e, de repente, fizeram algo totalmente inesperado. Uma coisa que me deixou bastante feliz e me fez perceber, ganhando ou não a eleição, que tinha grandes amigos.

22
Os primeiros números

Quando meus amigos desceram do ônibus, eles traziam uma grande bandeira e entoavam um grito de guerra.

Ilo, ilo, ilo...
O prefeitinho é o Murilo.

Todos vieram me abraçar e, de repente, me ergueram e me levaram até a entrada da sala de votação. Eu já estava me acostumando a ver as coisas do alto.

Nenhum outro candidato tinha algo parecido.

A sala de votação ficava bem próxima à entrada do parque. Após descer um lance de escadas, as crianças encontravam o local. Lá dentro, estavam as cabines de votação e a urna. Tudo secreto. As cabines eram separadas por uma cortina verde e cada uma delas era decorada com um adesivo do símbolo do parque: o menino de cartola e gravata, a cara do prefeitinho.

Com a chegada dos meus amigos, a sala se encheu e se formou uma pequena fila. Embora estivesse mais ou menos óbvio que todos iriam votar em mim, os outros candidatos se aproximavam para conversar com os "meus eleitores", dizer quem eram e pedir votos. Eu não me incomodei, pois eu fazia a mesma coisa nas filas "deles". Era justo, ninguém se importava. Quer dizer, exceto o pai do Raul, que tinha investido um dinheirão naquela campanha. Depois do voto, as crianças aproveitavam para se divertir um pouquinho.

E foi assim o dia inteiro, uma ida e vinda sem parar de eleitores. Quando uma turma acabava de votar, o ônibus a levava de volta e trazia outra. As crianças ficavam felizes por terem tido momentos divertidos, com lanche e tudo, oferecidos pela prefeitura. Também havia outra novidade: todos os eleitores recebiam um bilhete que podia ser dividido ao meio. Com uma das partes, a criança tinha acesso à sala de votação, com a outra, concorria a um brinquedo oferecido pela empresa que patrocinava a eleição.

Perto do horário de fechamento do parque, começou a maior de todas as emoções: a contagem dos votos.

Os adultos se trancaram na sala de votação e contaram os votos daquele primeiro dia. Meu tio foi junto com meu pai e eu fiquei com minha mãe e irmã.

– Quer ir pra casa, filho? Acho que isso vai demorar.

– Não é melhor a gente esperar? – perguntei. – Vamos deixar o pai e o tio aqui, sozinhos?

– Eles sabem se cuidar – disse minha mãe. – E a professora Helena disse que nos dá uma carona. Lembre-se, você ainda tem mais três dias como este pela frente.

Mamãe estava certa. Aquele dia havia sido muito divertido, mas eu não tinha ideia de como seriam os demais. Era melhor ir descansar.

E fomos para casa, rindo, relembrando todos os acontecimentos. Fui tomar banho, enquanto a mamãe preparava o jantar.

Foi estranho comer sem o papai e o tio, a mesa ficou muito vazia. Já tinha até me acostumado aos momentos tensos, quando uma briga parecia iminente.

Terminamos de jantar e mamãe ligou a TV para vermos a novela. Pena que a novela que eu tinha gostado bastante já tinha acabado, *Dancing Days*. Era um pouco triste, mas eu gostava muito da trilha sonora. Em todo bailinho ainda tocam as músicas da discoteca: John Travolta, Olivia Newton-John, Bee Gees, Donna Summer, Gloria Gaynor, Village People. Tanta música legal! Mas, sei lá, parecia que, com o fim da novela, a discoteca também estava acabando. Eu só pude ir às matinês dos clubes da cidade, mas eu aposto que aquele globo espelhado que girava no teto e refletia por todos os lados deveria ficar muito mais bonito à noite.

Os filmes dos últimos anos também foram bem marcantes. Eu vi seis vezes *Grease – nos tempos da brilhantina*. Havia dias em que eu assistia a duas sessões seguidas: terminava uma, eu ficava na cadeira esperando a próxima. Eu que não ia pegar fila de novo; se chovesse, não tinha onde se proteger na rua. Pena que não me deixaram entrar para assistir ao filme *Os embalos de sábado à noite*. Se bem que eu prefiro mesmo os filmes de terror e suspense, mas o bilheteiro nem me vende o ingresso. Já perdi *Tubarão*, que fez muito sucesso. Só consegui ver *O ataque das formigas gigantes* e *King Kong*, de que eu gostei bastante e até colecionei o álbum de figurinhas.

Outro dia, eu estava na fila para entrar, mas o bilheteiro apareceu e gritou:

– Quem não tiver 16 anos, pode sair da fila.

Eu saí e estou frustrado até hoje. Eu queria muito ter visto *A maldição das aranhas*.

Enfim...

Bem que minha mãe avisou que ia demorar. Quando meu pai chegou em casa, a novela já ia pela metade. Ele estava com uma cara bem séria; meu tio, com um meio sorriso.

Minha mãe perguntou:

– E aí, como foi a contagem?

Ele colocou a carteira e a chave do carro sobre o móvel e falou:
— Ficamos em terceiro lugar. Poucos votos de diferença pro segundo, mas estamos atrás.
— Foi só o primeiro dia! Amanhã a gente vira esse jogo – falou meu tio, otimista.
— Tomara – emendou meu pai. – Mas com os ônibus extras do Raul fica difícil. Ele está disparado na frente.
— Quantos votos a mais que o Murilo?
— Ele teve 872, o Murilo, 348.
Nossa, até eu que era meio ruim de matemática rapidamente fiz a conta e percebi que a diferença era realmente grande. Ficamos meio pra baixo. Se aquele ritmo prosseguisse, seria realmente difícil vencer a eleição.
— Olha, eu acho que vocês não precisam ficar tristes, não – disse minha mãe, subitamente.
— Como assim? – perguntou meu pai.
— Concordo com o meu irmão – continuou ela. – Hoje foi só o primeiro dia e eu sei exatamente o que vamos fazer para virar esse jogo!

23
Quem não tem cão...

No dia seguinte, tudo se repetiu. Chegamos cedo, fiquei andando pelo parque nos ombros do meu tio, conversei com os eleitores e até consegui brincar um pouco.

Quando o pai do Raul chegou, ele estava feliz e ainda comemorava o resultado do dia anterior.

– Hoje já cheguei com tudo – gabou-se ele.

Meu pai quis reclamar, dizer que ele havia burlado as regras, que aquilo não era certo, no entanto, o jeito era esperar. Ele já tinha dito aquelas coisas e não havia adiantado nada. A expectativa, agora, estava completamente depositada no plano que minha mãe disse que tinha.

Na minha escola, havia sido feito um planejamento para que todos os alunos pudessem participar da votação. Uma agenda bem detalhada tinha sido montada e os estudantes seguiam para a escola no horário combinado. Assim, dava para saber direitinho quantas viagens o ônibus precisaria fazer para levar todas as crianças.

Entretanto, havia um longo período em que o ônibus ficava estacionado, ocioso. E foi essa oportunidade que minha mãe percebeu para ampliar a minha chance de votos.

Meu pai, fazendo grande esforço, conseguiu alugar outro ônibus e, assim, logo tínhamos dois.

Meu tio virou motorista.

– Queridão, vou ter que te deixar sozinho, mas seus pais precisam de mim – disse. – A ideia de sua mãe vai funcionar direitinho.

E funcionou mesmo.

De repente, não era só a minha escola que estava vindo votar em mim. Como minha mãe era professora, ela tinha muitas amigas em outras escolas e todas começaram a se mobilizar. Bastou dar alguns telefonemas e o agendamento do novo ônibus estava completo. Algumas professoras até usaram os próprios carros para conduzir os novos eleitores.

Ao final daquele segundo dia, o resultado já apareceu nas urnas. Raul ainda estava vencendo, mas já não era por uma diferença tão grande: apenas 150 votos a mais.

Claro que o pai do Raul percebeu o que estava acontecendo. As filas cresciam rapidamente e todos nós, os candidatos, disputávamos os eleitores. Felipe prosseguia com apenas um ônibus, e, justamente por causa disso, permanecia na lanterninha da eleição.

Meu tio, em casa, já na terceira noite, comentou comigo que achava aquilo errado. Que usar o poder econômico para vencer uma eleição era um grande crime e justamente por isso ele estava se esforçando para derrotar o pai do Raul. A gente também estava gastando um pouco mais, com o aluguel do novo ônibus, mas era somente isso e não fomos nós que burlamos as regras em primeiro lugar. Não dava para ficar quieto.

Com o passar do tempo, ficou claro que não bastava ter somente dinheiro, alugar um monte de ônibus, faltava o principal: os eleitores. Dali a pouco tempo, o pai de Raul não tinha mais onde buscar crianças, pois ele não era conhecido nas escolas e ninguém iria confiar estudantes a ele. No terceiro dia de eleição, eu já tinha encostado nos votos do meu principal concorrente. Faltava apenas um dia e a disputa se tornava ainda mais acirrada.

Os nossos ônibus não ficavam mais nenhum minuto ociosos no estacionamento. Meu tio e o outro motorista levavam e traziam crianças sem parar. Esses turnos só cessavam quando o parque fechava.

No último dia de votação, estávamos todos exaustos, mas ainda havia a apuração final, que iria definir quem seria o vencedor.

E, graças a todo o esforço da minha mãe, das professoras, do meu pai, que alugou outro ônibus, e do meu tio, que dirigiu o dia inteiro, eu fui considerado o vencedor. Mas foi aí que os problemas começaram.

24
Fraude!

O pai do Raul estava furioso.

– Essa eleição foi fraudada! – gritava ele.

– Prove! – ordenou meu pai.

– Há duas urnas em que só tem votos para o filho dele – disse o pai de Raul. – Como pode isso? Impossível!

– É que foi justamente numa hora em que chegaram meus ônibus. Só tinha alunos da escola do meu filho e eles falaram que iam votar nele.

– Mentira! Eu vi as professoras dando votos já marcados para as crianças que você trouxe.

Quando ele chamou meu pai de mentiroso, a coisa esquentou. Foi aí que me tiraram da sala de vez.

Eu vi o que tinha acontecido. As professoras ensinavam as crianças a votar. No cartaz que havia logo na entrada, havia um modelo bem grande da cédula de votação com as nossas fotos. As professoras explicavam que era para se marcar apenas um candidato, o que eles quisessem. Entretanto, como havia uma festa ao redor do meu nome, todo mundo me conhecia na escola, os meus amigos queriam que eu vencesse. Jamais votariam nos outros candidatos. Algumas crianças anotavam meu nome em um pedaço de papel e levavam com elas na hora da votação. Por isso que o pai do Raul achou que as professoras estivessem dando cédulas marcadas para eles, mas não era verdade. Até poderia haver uma ou outra criança que apenas estivesse visitando o parque e pretendesse votar em outro candidato, mas aquilo não ocorreu e todos os votos naquela urna eram realmente meus.

E, por causa dessa confusão, o resultado, que era para ter saído naquele dia, acabou sendo adiado. Tamanha foi a discussão que acabaram chamando um juiz eleitoral de verdade, já que as urnas eram oficiais, para atestar se os votos depositados nelas valeriam ou não.

Ele não identificou nenhuma fraude, viu que as urnas não tinham sido violadas, mas para evitar dúvidas, ele resolveu impugnar ambas. Eu achei essa palavra muito estranha, mas minha mãe me explicou:

— Impugnar, filho, significa que eles vão anular aquelas urnas, aqueles votos não vão valer mais.

— Mas isso é tão injusto, mãe – reclamei. – Depois de todo o nosso esforço, as professoras, o dinheiro que o pai gastou.

— Eu sei, meu querido, mas não há nada que possamos fazer.

Os votos foram recontados. Tudo ocorreu numa tarde, dois dias depois do encerramento da eleição.

No fim do dia, meu pai e meu tio chegaram em casa, tristes, bem abatidos e anunciaram:

— Foi quase, meu filho. Se não tivessem anulado aquelas urnas, você teria vencido a eleição.

Meu tio me abraçou. Minha irmã foi a única da casa que chorou. Eu não sabia o que sentir. Fiquei triste, mas não tive vontade de chorar. Lamentei somente pelos meus amigos na escola, tanta gente que tinha ido até lá para votar, se esforçou e, agora, por causa de uma grande injustiça, ninguém poderia comemorar.

Meu tio, como sempre, começou a dizer algumas palavras para me consolar.

– Calma, Murilo. Muita calma! Sabe o que a gente vai fazer agora?

– O quê? – perguntei.

– Vamos ao alfaiate para fazer a sua roupa.

– Roupa? Que roupa? – perguntei.

– Sua roupinha de prefeito. Você ganhou a eleição!

Então, de repente, minha mãe me abraçou, me beijou, meu pai sorria, meu tio me ergueu no ar... Eu demorei a entender o que estava acontecendo, mas tudo tinha sido uma grande brincadeira. Até minha irmã parou de chorar.

– Você venceu! – disse meu pai. – Mesmo com as urnas anuladas, você teve votos de sobra. Ganhou por quase 300 a mais.

Eu ganhei! Não podia acreditar.

Eu era o novo prefeitinho da Cidade da Criança!

25

O show de todo prefeitinho tem que continuar

Chegou o dia da minha posse.

Em casa não havia mais nervosismo, raiva, nada disso. Ficaram todos em paz. A guerra foi somente entre os adultos. Eu voltei a me encontrar com os outros candidatos e estávamos todos felizes, tranquilos. O segundo colocado seria o vice-prefeito e o terceiro, o secretário-geral. Todo mundo ganhou um cargo, no final das contas.

Minha roupa ficou perfeita. Eu me achei estranho quando a vesti inteira. Eu tirei medidas, fiz provas e tudo o mais. Minha primeira roupa de alfaiate. A prefeitura pagou tudo.

– Pronto, agora está lindo!

Minha mãe disse isso quando colocou a cartola em minha cabeça. Eu me olhei no espelho e, de repente, não podia acreditar que tudo aquilo estivesse realmente acontecendo. Eu me recordei do dia em que fui passear no parque e vi aquele garoto andando pela Cidade da Criança, feliz, com uma roupa bastante parecida com a minha, cercado de gente.

Será que tudo aquilo iria acontecer comigo também?

Como eu iria me sentir com tanta gente me seguindo?

Na escola, a alegria foi muito grande. Teve festa e todo mundo começou a me chamar de prefeitinho, nem nome eu tinha mais. Era só prefeitinho para cá e prefeitinho para lá.

O Waldo queria saber quando eu o levaria para brincar de graça, mas eu estava procurando uma oportunidade para dizer para ele que aquilo não seria possível. Somente eu tinha recebido uma carteirinha especial, não tinha como levar outras pessoas. Acho que aquela seria a primeira promessa que eu não poderia cumprir. Será que ele ficaria bravo comigo? É que eu ainda não sei direito o que eu vou poder fazer ou não. Vai ser bem chato se eu não puder trazer alguém para brincar comigo. Não tem graça. Será que, depois que eu tomar posse, eu consigo uma para ele? Mas, aí, todo mundo vai ficar sabendo e eu vou ter que conseguir para todo mundo. Isso não vai dar certo... Acho que terei muitas coisas para pensar, no final das contas.

A Leila... Ah, a Leila! Ela ficou muito feliz em saber que eu tinha sido eleito e me fez um convite:

– Você quer ir à minha festa de aniversário?

Eu respondi, sem pensar:

– Quero!

Então, ela falou:

– Mas eu queria te pedir uma coisa...

– O quê? – perguntei.

– Queria que você fosse vestido de prefeitinho, com cartola e tudo. Vai ter até um fotógrafo na minha festa e eu aposto que vai ser muito legal. Tudo bem?

Eu apenas concordei.

– Tudo ótimo!

Parecia que ser prefeitinho tinha lá suas vantagens. O chato é achar que ela só me convidou porque eu sou prefeitinho. Ela nunca me chamou antes... E, depois, no futuro, quando eu entregar o cargo, será que ela ainda vai querer ficar perto de mim, me chamar para as festas? Taí um monte de coisa que ninguém me explicou.

– O carro chegou! – gritou minha irmã.

Aquele ia ser um dos momentos mais legais. Um vizinho, que tinha um calhambeque amarelo, decidiu emprestá-lo para que eu fosse até a Cidade da Criança tomar posse. Nele, fomos eu e minha mãe. O resto da família seguiu em outro carro. A vizinhança inteira veio à rua para assistir a minha partida.

E seguimos lentamente até a Cidade da Criança. Havia muitas pessoas, faixas. Ao nos aproximarmos, eu escutei a bandinha tocando. Todo mundo queria me ver. Quando eu desci do carro, as pessoas começaram a apontar para mim:

– É o prefeitinho! Olha só como ele é bonitinho.

Quando diziam que eu era "bonitinho", eu ficava um pouco envergonhado, mas aquilo não demorou muito. Percebi que, logo atrás de mim, surgiu uma movimentação muito maior, o prefeito de verdade, da cidade, havia chegado. Pediram que eu parasse e esperasse por ele. Ele veio calmamente, acenando e cumprimentando algumas pessoas, mais ou menos tudo o que eu tinha feito, até que se aproximou de mim e disse:

– Então, você é o novo prefeitinho. Parabéns! Ganhar uma eleição traz importantes responsabilidades.

Importantes responsabilidades! De repente me senti um super-herói, alguém que recebeu um superpoder para cuidar do mundo e proteger os cidadãos indefesos. Bem, acho que ninguém está querendo destruir a Cidade da Criança. Já pensou que legal se, de repente, surgisse um daqueles monstros que atacam o Ultraman e quisesse destruir a minha cidade? Eu ia olhar para ele, triplicar de tamanho e mandá-lo de volta ao espaço, ou seja lá de onde ele tivesse vindo.

Eu despertei rapidamente dessa maluquice quando vi minha mãe acenando e pedindo que eu ajeitasse a gravata.

O prefeito, afinal, me cumprimentou e seguimos em direção ao palco levadiço. Aquilo era muito legal, o palco subia. Descemos uma pequena rampa e nos posicionamos sobre um patamar. Lá estavam muitas pessoas: o meu vice-prefeito, o secretário e até o prefeitinho anterior com sua roupa oficial. Então, de repente, o palco começou a subir, como um elevador. A praça foi surgindo aos poucos e, quando o palco terminou de subir, deu para ver a pequena multidão. Vi muitos dos meus amigos, que acenavam de longe. O Waldo e a Leila estavam com meus pais.

O prefeito fez um discurso sobre os problemas da cidade, do que ele ainda pretendia fazer e terminou ressaltando a importância do que ocorria naquele momento: como era importante o "despertar da democracia"; que em nossa Cidade da Criança ocorressem eleições diretas, na qual todos pudessem escolher seus candidatos. Ressaltou, inclusive, o fato de que os candidatos tiveram a oportunidade de falar, de expor seu pensamento e propostas. Não deixou de lado o aspecto da impugnação das urnas lembrando que injustiças puderam ser avaliadas e sanadas.

– Tudo ocorreu dentro da mais perfeita normalidade e justiça – terminou o prefeito.

Enquanto ele falava, eu fiquei refletindo sobre o sonho e alegria que era estar ali, como prefeitinho. Se alguma coisa tivesse ocorrido de maneira diferente, por menor que fosse, teríamos encontrado o fracasso. Caso eu não tivesse visitado a Cidade da Criança naquele feriado, se não tivesse visto o prefeitinho, se minha escola não tivesse sido selecionada para participar da eleição, meus pais poderiam não ter me deixado participar por causa das discussões políticas dos meus tios, a história dos ônibus, as bobagens que eu falei na TV. Tanta coisa podia dar errado e, na verdade, algumas até deram. Mas talvez tenha sido até mesmo em razão desses erros que eu estava realizando um sonho.

Chegou a hora de fazer o meu discurso, que eu já sei de cor e salteado. A professora Helena o escreveu e o ensaiamos ainda mais do que o dos tempos de candidato. Eu vou agradecer aos pais e professores, aos eleitores, aos meus amigos que tanto se empenharam para que eu vencesse. Falarei sobre a importância da criança, justamente neste ano de 1979, o Ano Internacional da Criança.

O que ninguém sabe, quer dizer, quase ninguém, é que eu vou falar de liberdade por minha própria conta. Eu sei que estamos vivendo ainda em uma ditadura. Depois daquela primeira conversa com o meu tio, outras vieram. Agora, eu entendo muito melhor o significado de tudo o que está acontecendo. Eu não vou falar de tortura, acho que as pessoas não compreenderiam e, talvez, meu tio fique magoado se eu revelar o segredo que ele mesmo se esforça tanto para esconder.

Talvez, para isso acabar, o assunto deva ser discutido pelos adultos, para que pessoas não sejam mais machucadas de propósito e, o mais importante, que esse horror não se repita nunca mais.

No final do meu discurso, falarei sobre a alegria de fazer o que se deseja, como e quando quiser. Eu ensaiei bem, por minha própria conta, o que falar:

– Eu não sei o que é perder a liberdade, mas acho tão bacana estar aqui, cercado de amigos em momentos felizes, que não quero perdê-la jamais.

E, espero, virão os aplausos.

Só o tempo dirá, mas eu prometo que serei um bom prefeitinho.

Manuel Filho

Eu tenho uma lembrança muito antiga... Recordo de uma tarde em que eu estava na Cidade da Criança, nos distantes anos 1970, quando vi passar um garoto com cartola. Alguém me disse que ele era o prefeitinho do parque. Fiquei curioso e, claro, imediatamente desejei ser prefeitinho. Achei que eu poderia brincar de graça em todos os brinquedos. A Cidade da Criança ainda é um local incrível, e eu passei nela alguns dos anos mais felizes da minha vida. Este livro é a realização de um sonho. Que alegria ter a Thais comigo nesta "gestão". Adoro ser escritor e contar histórias. Já escrevi 50 livros e ganhei um prêmio literário bem legal, o Jabuti, além de ter sido finalista da mesma premiação com o livro Vento forte, de sul e norte, da Editora do Brasil. Também sou cantor, ator e até faço filmes. Já trabalhei com pessoas muito especiais, como Ziraldo, Maurício de Sousa e Gianfrancesco Guarnieri. Que tal visitar o meu site? <www.manuelfilho.com.br>

Thais Linhares

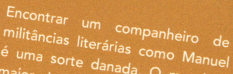

Encontrar um companheiro de militâncias literárias como Manuel é uma sorte danada. O mundo é grande e a luta é maior ainda! O texto abre uma porta para um passado recente, mas escondido, pois há males antigos que persistem em envenenar nosso Brasil e sabem que, se colocados à luz, sobretudo sob as cores das ilustrações, serão derrotados! Essa foi a ideia das imagens aliadas à história do prefeitinho!

Meu trabalho está na área da literatura, educação e Direitos Humanos. Faço poemagrafia nos Saraus da cidade e quadrinhos memoriais da cultura carioca. Meus prêmios mais recentes: Catálogo White Ravens, Altamente Recomendável, Melhor da Produção para Jovens FNLIJ e Jabuti, além do Prêmio Neide Castanha 2018 de Direitos Humanos.

Akira Kono

Este livro foi composto com a família tipográfica Berkeley
para a Editora do Brasil em 2018.